La lettre signée du tsar

*À Nolwenn
Gaël
Gwenaël*

© Éditions Milan, 2002
pour le texte et l'illustration
ISBN : 2-7459-0676-3

ÉVELYNE BRISOU-PELLEN

La lettre signée du tsar

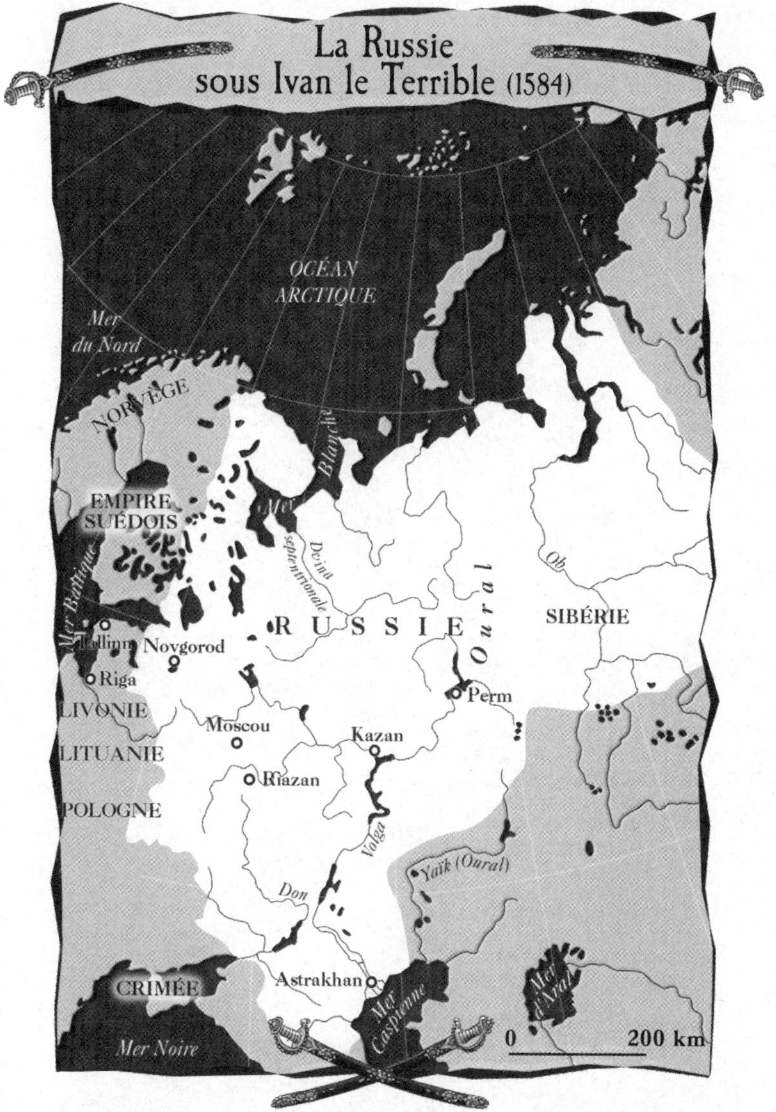
La Russie
sous Ivan le Terrible (1584)
OCÉAN
ARCTIQUE
Mer
du Nord
NORVÈGE
Mer Blanche
EMPIRE
SUÉDOIS
Mer Baltique
Dvina septentrionale
RUSSIE
Oural
Ob
SIBÉRIE
Tallinn
Novgorod
Riga
LIVONIE
Perm
Moscou
Kazan
LITUANIE
Riazan
POLOGNE
Volga
Yaïk (Oural)
Don
Astrakhan
CRIMÉE
Mer Caspienne
Mer d'Aral
Mer Noire
0
200 km

CHAPITRE 1

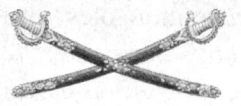

— Trouve-la.

De ses yeux gris, le chef cosaque* fixait le visage d'Alexis, y guettant le moindre signe d'appréhension ou de doute. Mais le jeune homme ne fit pas un mouvement. Il dit seulement :

– Il faudrait que j'aie toutes les informations.

– Tu auras celles que nous avons. Pour le reste, tu te débrouilleras.

Le regard du chef fit le tour de la vaste tente sous laquelle il avait réuni son conseil. De tous les cosaques présents, on ne voyait guère que les yeux, dans les visages mangés par la barbe, des visages impénétrables. Seuls les jeunes paraissaient moins protégés, plus vulnérables.

Alexis faisait partie de ceux-là. Sa haute taille et ses yeux clairs étaient le signe qu'il appartenait aux peuples du Nord, mais son père et son grand-père déjà étaient cosaques. Ils avaient fui, de longues

---

* Les mots ou groupe de mots suivis d'un astérisque sont expliqués en fin de volume.

années auparavant, leur domaine de la frontière saccagé par les hordes mongoles* et ils avaient rejoint les cosaques au *Pays Sauvage*.

– Bien, reprit le chef en élevant la voix, faisons le point. Que savons-nous ?

Personne ne répondit.

– Alors ? insista-t-il.

– C'est que ça fait longtemps, observa un des hommes.

– Je sais que ça fait longtemps ! Mais si vous vous rappelez la moindre chose, le plus petit détail, dites-le. Toi...

Le grand échalas auquel il s'adressait prit un air embarrassé.

– À mon avis, elle n'avait pas plus de douze ans.

– Douze ? Et il y aurait combien de temps de cela ?

Une rumeur s'éleva. Pour évaluer le temps, on tenta de raccrocher l'événement à d'autres qu'on saurait mieux cerner. Enfin, une voix décréta :

– Trois ou quatre ans.

– C'était ce fameux hiver, précisa une autre, où mon petit doigt a gelé et qu'il est tombé comme du bois mort.

– C'est-à-dire ?

– Quatre ans, ou peut-être cinq.

– Allons, ça fait plaisir à voir ! Pas un qui puisse nous donner quelque chose de précis ! À quoi ressemblait-elle, cette fille ?

Le plus grand silence s'abattit sur la tente.

—Ne me dites pas que vous n'avez pas regardé la fille, je n'en croirais pas un mot. Toi...

Il avait désigné un petit homme hirsute, qui fut contraint de se lancer :

—Qu'est-ce que je peux dire ? Elle était enveloppée dans des fourrures et elle s'est tenue tout le temps dans l'ombre, alors...

—Ben, ricana quelqu'un, elle avait la trouille, tiens !

Des rires s'élevèrent, pleins de gouaille et de sous-entendus. Le chef poussa un grognement excédé :

—Elle était blonde ? Brune ?

Le silence revint, puis un homme déclara :

—Blonde. Des tresses blondes. Quand je lui ai approché la lampe du visage, j'ai vu ses cheveux.

—Ses cheveux ! Et son visage, tu l'as vu aussi, non ? Faut-il t'arracher chaque mot ?

—Ben... comment décrire un visage ? Elle avait des yeux moyens, un nez moyen, une bouche moyenne, comme n'importe qui, quoi ! Je ne vois pas que dire d'autre. Elle était plutôt mignonne, oui... Seulement, s'il y a quatre ans de ça, elle aura forcément changé.

Le chef haussa les épaules avec agacement. Enfin, se tournant vers Alexis, il lâcha :

—Voilà. Tu cherches une fille qui pourrait avoir dans les seize ans, sans doute blonde.

Il toisa ses cosaques du regard et grogna :

– Et naturellement, personne ne se rappelle le nom de son père ?

Nul ne broncha. Si quelqu'un devait se le rappeler, c'était bien lui, Timofeï. Lui seul avait mené les transactions avec cet homme. Mais le chef restait le chef, il ne pouvait avoir tort et conservait le droit de se mettre en colère avec la plus parfaite mauvaise foi.

– Tu pensais, intervint un vieillard, à "*Chouïski*".

– Je n'ai pas dit *Chouïski*, j'ai dit « un nom dans ce genre ».

– Peut-être Chomski...

– Ou Choroski. Oui, c'était quelque chose comme ça.

– Bon, trancha Timofeï, ça suffit. Alexis n'aura qu'à s'arranger avec ça. (Il regarda le jeune homme.) Vois le moujik[1] qui nous a renseignés, il le sait peut-être. Quand tu auras le nom du père, il sera facile de dénicher la fille. Trouve-la.

Alexis contempla un moment le visage préoccupé de son chef, puis il demanda sans élever la voix :

– Et quand je l'aurai trouvée... ?

Timofeï nota avec satisfaction qu'Alexis ne semblait pas douter qu'il découvrirait la fille. Il eut un geste de la main, comme pour montrer que la question ne valait pas la peine d'une réflexion et lâcha :

– Tue-la... Ou bien épouse-la, comme tu veux.

1. Paysan russe.

Sur l'éperon rocheux, là-haut, veillait la citadelle. Noire sur le ciel noir, à peine moirée par la clarté froide de la pleine lune. À ses pieds, la rivière roulait sans bruit ses eaux boueuses.

Alexis resta un moment à scruter les tours hautes et menaçantes. Personne ne pouvait le voir, la nuit était sa complice. Les yeux des Tatars* n'étaient pas assez perçants. Nuit amie, nuit ennemie, c'était selon. Pour ce soir, elle était avec lui, pas avec les Tatars qui guettaient. Alexis se laissa glisser dans l'eau.

Il ne remonta sur la berge que très loin de la passe rocheuse gardée par la citadelle. Il avait nagé longtemps, assez longtemps pour supposer qu'il était sorti du territoire tenu par les Tatars. Il faisait abominablement froid. Sa chemise glacée lui collait au corps. Il s'en débarrassa rapidement et enfila l'une sur l'autre les deux vestes de fourrure qu'il avait tenues au sec, au-dessus de sa tête, tout le temps qu'il remontait le courant. Le jour ne pointait pas encore. Alexis regarda autour de lui. Si ses renseignements étaient bons, un groupe de cosaques de la Volga devait avoir son campement dans les environs.

La nuit perturbe la vue, mais elle aiguise l'ouïe et l'odorat. Alexis perçut dans le vent une odeur légère, un fantôme de fumée – feu de bois et paille humide – comme celle d'un campement en fin de nuit.

Il vida l'eau de ses bottes et se mit à marcher à pas longs et silencieux en cherchant du regard un feu, des chevaux, des tentes de fortune, des traces de pas entremêlées dans la boue.

C'était l'heure la plus difficile pour les sentinelles, l'heure où le sommeil vous tenaille et vous fait croire que plus rien ne peut se passer, puisque la nuit a été calme et que le jour n'est pas encore venu. Voler un cheval dans ces conditions semblait presque trop simple. Alexis posa une main apaisante entre les naseaux de la bête et tira sur les rênes avec douceur et fermeté. Rester serein, et le cheval faisait confiance. D'abord, s'éloigner sans hâte, puis tapoter l'encolure pour prévenir, et sauter en selle.

Le galop sourd du cheval résonna sur le chemin de terre.

Tout allait bien. C'était une de ces nuits claires et froides qui s'embrument peu à peu sur le petit matin, figeant la steppe d'un voile de rosée, préparant l'hiver. Le grand froid n'était pas loin, il guettait derrière la montagne.

Alexis sauta du cheval sans même prendre la précaution de ralentir.

– Réveille-toi, moujik ! cria-t-il en cognant violemment sur la porte de l'isba.

À l'intérieur, pas un bruit.

– Ouvre, moujik, ou bien je démolis cette porte !

Un court instant passa, et la porte s'entrouvrit sur un homme en chemise, à demi affolé.

– Je n'ai plus rien… je n'ai plus rien, bredouilla-t-il, je vous jure…

Alexis pesa sur la porte que l'homme voulait retenir et entra. Il faisait sombre. Pas même une fenêtre pour éclairer la pièce. Sans prendre le temps de s'incliner devant les icônes, Alexis s'approcha du gros poêle d'argile. La femme et les enfants, agglutinés sur le palaty[1], eurent un mouvement de repli terrorisé. Alexis détestait l'odeur de peur et de rance qui régnait dans ces isbas* noires aux murs couverts de suie.

– Pas chaud, remarqua-t-il en se frottant les mains.

Personne n'ouvrit la bouche. Alexis déploya la chemise qu'il portait roulée sous son bras et l'étendit sur le poêle.

– Seigneur, supplia le paysan. Je jure, je n'ai plus rien à donner. L'hiver arrive, et il n'y a plus de grain, plus de farine, plus même d'oignons.

Alexis eut un geste agacé.

– Je ne veux rien te prendre.

L'autre le regarda par en dessous avec une méfiance accrue. Son œil droit était fermé, ce qui donnait à son visage dissymétrique un air soupçonneux. Son œil valide allait du cosaque à la porte basse, comme s'il craignait de voir arriver d'autres hommes comme celui-là.

---

1. Banc accolé au poêle, sur lequel on dort.

– Je suis juste venu, reprit Alexis, pour te demander ce que tu sais d'un certain traîneau qui s'est arrêté au seuil de chez toi, voilà quelques années.

Le menton de l'homme se mit à trembler, son œil s'affola.

– Non, non, bégaya-t-il, je vous jure, seigneur, je ne sais rien de plus, rien.

– Cesse de m'appeler « seigneur », grogna Alexis, et cesse de trembler ainsi !

À sa grande surprise, l'homme se jeta à ses pieds en gémissant, la femme et les enfants se mirent à pleurer.

– Mais enfin, arrête cette comédie ! s'exclama-t-il. Est-il si difficile de dire deux mots au sujet de ce traîneau ?

– J'ai… j'ai déjà tout dit à vos amis. Tout. Je vous en prie, ne me faites pas de mal.

Alexis saisit l'homme par le bras et le força à se redresser.

– Qui parle de te maltraiter ?

– C'est que… d'autres comme vous sont venus, des cosaques du Don ou de je ne sais où, et ils voulaient savoir pour le traîneau…

Il entrouvrit sa chemise d'une main tremblante et découvrit des marques de brûlure. Alexis y reconnut celles infligées par un poignard rougi au feu. Il hocha la tête et dit d'un ton rassurant :

– Je ne te ferai aucun mal. Raconte-moi seulement ce que tu sais. Je regrette la violence de certains de mes frères. Peut-être avaient-ils bu. Ne juge pas tous les cosaques par ceux que tu as vus.

Le paysan conservait toute sa méfiance, mais il y avait moins de peur dans son œil. Quant à supposer qu'il y ait de bons cosaques, cela paraissait au-dessus de ses forces.

– Le traîneau, commença-t-il finalement, s'est arrêté là-devant. J'ai trouvé ça drôle. Les chevaux étaient épuisés et rien ne bougeait. Je me suis approché et, alors, j'ai vu que l'homme qui conduisait était mort. C'est les Tatars qui l'avaient tué.

– Comment le sais-tu ?

– Je connais leurs flèches, et leurs javelots, et leurs épées... Ici, malheur à nous, quand ce ne sont pas les cosaques qui nous volent les récoltes, ce sont ces maudits Tatars qui les brûlent.

Mesurant soudain la portée de ses paroles, il eut un regard affolé vers Alexis et se mit aussitôt à gémir encore plus fort :

– Malheur à nous. Maudite vie que la nôtre ! Comment trouver encore le courage de se lever chaque matin... Autant mourir que de souffrir de tous et de tout.

– Je comprends, dit Alexis, mais continue. Il y avait une fille dans le traîneau.

– Oui. Dans le traîneau de voyage, celui qui était couvert. Allongée sous des fourrures. Des peaux d'ours blanc, même, ça m'a frappé.

Sûrement que les Tatars ne l'avaient pas vue, ils s'étaient contentés de détacher les traîneaux de marchandises. Je n'ai pas su ce qu'il transportait, ce marchand.

– Des peaux, informa Alexis.

– Ah. Ben c'est tout ce que je sais.

– La fille t'a-t-elle dit qui elle était ?

– C'était la fille de l'homme, de ce Chorski.

– *Chorski* ? Tu en es sûr ?

– On nous a dit qu'il s'appelait comme ça. Piotr Chorski, un riche marchand de Riazan. Eh bien, il n'a jamais revu Riazan, voilà tout.

– Et le prénom de la fille ?

– Je ne sais pas. Elle était terrorisée, elle ne voulait pas parler. Je la revois, tiens, une petite blonde fragile, qu'on aurait cru qu'elle allait s'évanouir à chaque pas.

– Mais ses yeux…, murmura la femme.

Alexis se tourna vers elle.

– Ses yeux ?

– Ils étaient… je ne sais pas dire… en même temps pleins de peur et de colère.

– C'est tout ce que nous savons, insista le moujik. Elle a couché ici, sur le poêle, avec nous et, le lendemain matin, elle est partie.

– Comment est-elle partie ?

– C'est ça le plus drôle. Elle a pris le traîneau, figurez-vous.

– Toute seule ?

– Toute seule ! Sans cocher, sans personne. Elle a fouetté les chevaux, et fff... le traîneau a filé.

Alexis caressa sa courte barbe blonde.

– Son père a été enterré ici ?

– Non, pensez-vous ! Elle l'a emmené. C'était incroyable. Un petit bout de fille... Elle a demandé qu'on allonge le corps dans le traîneau couvert, comme pour n'importe quel voyage, et voilà, elle est partie.

– Où ?

– Chez elle, sans doute, à Riazan.

– Mais Riazan est à plusieurs jours de cheval.

– Ça, comment qu'on pourrait le dire, nous autres, on ne bouge pas d'ici.

Alexis regarda autour de lui et déclara :

– J'ai faim. Tu as bien quelques blinis[1].

Il remarqua soudain les yeux des enfants, et rectifia :

– Non, tout compte fait, je n'ai pas le temps. Merci pour tout.

Il reprit sa chemise sur le poêle, sortit et siffla le cheval. L'animal, qui s'était arrêté dès qu'il avait perdu son cavalier, attendait patiemment à quelques pas. Alexis sauta en selle.

Bien. La fille de Piotr Chorski. À Riazan. Ça ne devait pas être trop difficile à trouver.

---

1. Galettes salées.

CHAPITRE 2

Tania cessa de respirer. Dehors, de l'autre côté du large portail d'entrée, un homme à cheval, immobile. La neige tombait silencieusement, l'enveloppant de ses flocons irréels, tissant sur le sol un tapis si pur et immaculé qu'on aurait dit que l'homme était né là, spontanément, de la neige.

Tania resta un moment sans bouger puis, presque involontairement, elle tourna la tête vers le miroir et examina son visage avec inquiétude. Quand son regard revint vers la rue, l'homme avait disparu. Un sentiment d'oppression la saisit. Ce n'était pas une apparition. La neige gardait les traces des sabots, qui s'éloignaient et disparaissaient derrière le mur d'enceinte.

Un cosaque.

Mais il avait passé son chemin, emportant un peu de la peur qui la tenaillait sans cesse.

Elle refit lentement le nœud de soie au bout de ses longues tresses. Le miroir lui renvoya l'image d'une jeune fille encore un peu trop menue, mais moins maigre qu'autrefois.

Le bruit, sourd et brutal, la fit sursauter. On cognait à la porte. Sa main resta en suspens, le bout du ruban rouge caressant sa paume. Elle tourna la tête vers le vestibule. Pourquoi n'avait-elle pas entendu les pas, sur l'escalier extérieur ?

Trois coups encore. Elle ne fit pas le moindre mouvement, elle ne s'en sentait pas capable.

De l'autre côté du vestibule, une porte s'ouvrit et une grosse femme, frileusement engoncée dans trois robes superposées, parut.

– Eh bien, Tania, pourquoi ne te déplaces-tu pas ? On frappe !

La jeune fille ouvrit la bouche, mais ne trouva rien à dire.

– Tatiana, je te parle...
– Excusez-moi, Eudoxia...
– Voyons, il ne suffit pas que je t'excuse, reprit la femme d'une voix presque maternelle. Tu ne voudrais pas que j'aille ouvrir moi-même !

Deux nouveaux coups sourds ébranlèrent la lourde porte. Tania eut un sourire un peu crispé, puis elle hocha la tête et, d'une main mal assurée, alla tirer les verrous.

Le cosaque était là. Sa haute taille et ses cheveux clairs. Elle croisa son regard bleu et resta sans un mot. Il lui sembla qu'il saluait, puis qu'il disait quelque chose, mais sans doute pas à elle. Il s'adressait, par-dessus sa tête, à la gouvernante. Elle n'entendit clairement que les mots « Piotr Chorski ».

– Hélas ! gémit alors Eudoxia, oui, c'est bien ici sa demeure, mais notre pauvre maître n'est plus de ce monde.

Le jeune homme fit signe qu'il était au courant de cette malheureuse circonstance. Il expliqua ensuite qu'il appartenait aux cosaques du Don, qu'il avait bien connu Piotr (ils faisaient du commerce ensemble) et que c'était à ce sujet qu'il se permettait de déranger sa famille si durement éprouvée.

Tania recula lentement. Eudoxia, se confondant en sourires aimables, faisait entrer le visiteur. Visiblement, le jeune homme lui plaisait. Tania choisit de s'éclipser.

Alexis la suivit distraitement des yeux dans l'escalier de bois. Il n'arrivait pas à penser, il se surveillait. Dans le coin tendu de rouge du vestibule, des lumières vacillantes veillaient les icônes. Il s'approcha et se prosterna devant en murmurant une courte prière. Surtout, se conformer aux habitudes, ne heurter personne. Il se tourna enfin vers la grosse femme et inclina la tête.

– Je suis ici pour une mission dont je souhaiterais entretenir le nouveau maître de ces lieux.

– Hélas ! soupira la gouvernante, on ne peut pas dire que cette maison ait un maître.

– Piotr n'avait donc point de fils ?

– Hélas ! Je crains qu'il n'y ait que moi. Je m'occupe de cette maison, j'en suis la gouvernante. Mais je vous en prie, si vous souhaitez me parler, entrons ici.

Elle fit pénétrer Alexis dans une grande salle, à droite. Il y faisait bon, profondément, comme si chaque objet de la pièce dégageait sa propre chaleur, des épais tapis jusqu'aux murs tendus de velours rouge, des coussins de fourrure qui s'entassaient sur les bancs au bois sombre de la grosse table. Il régnait une odeur agréable qu'Alexis ne sut pas reconnaître, et qui était celle de la cire d'abeille.

– Votre maison est bien accueillante, murmura-t-il presque involontairement.

Depuis si longtemps, il ne connaissait que la boue des campements et les sols de terre battue ; depuis si longtemps, il n'avait pas pénétré dans une vraie maison...

Eudoxia eut un petit rire confus.

– Je vous remercie. Je fais de mon mieux. Comme si cette maison était la mienne. Ma pauvre maîtresse me l'a confiée. Vous ignorez peut-être qu'elle n'a guère survécu son mari. Elle est décédée peu de temps après lui.

La gouvernante poussa un petit soupir résigné et, de peur d'en avoir déjà trop dit à ce jeune homme qu'elle ne connaissait pas, elle ajouta aussitôt :

– Apprenez-moi ce qui nous vaut votre visite.

– Eh bien, comme je vous l'ai dit, notre regretté Piotr commerçait avec nous. Nous avions pour habitude de lui vendre notre miel et nos fourrures en échange de grain, de tissu et de sel. Sa disparition non seulement nous peine, mais nous met dans l'embarras. Nous souffrons aujourd'hui d'une pénurie de vivres, et c'est le sujet qui m'amène.

– Je comprends, dit Eudoxia.

– Il nous faudrait du blé, bien sûr, et du sel, qui nous manque cruellement pour conserver le poisson. Vous le savez, *sans poisson le cosaque n'est rien.*

Il accompagna sa remarque d'un petit sourire ironique. La vieille dame hocha la tête.

Alexis se tut et observa un moment la gouvernante, suspendu à sa réponse. En un éclair, il repassa dans sa tête tout ce qu'il venait de lui dire. Son histoire se tenait et, si elle se tenait si bien, c'est qu'elle était en grande partie véridique. Ils ne manquaient pas vraiment de sel pour l'instant, mais ça leur arrivait souvent. Maintenant, il fallait avancer avec précaution et prendre garde à chaque parole.

– Du sel, observa Eudoxia, nous n'en avons guère. Les approvisionnements sont difficiles et, sans doute, je ne m'y prends pas bien. Cependant, il me semble qu'il doit nous en rentrer bientôt.

– Je peux attendre quelques jours, précisa aussitôt Alexis. Rien ne me presse vraiment.

C'était trop beau ! Il avait eu raison de parler de sel. Il resterait quelque temps dans la ville. Et même... Oui, tout serait encore mieux s'il pouvait demeurer dans la maison.

– Il faut que je voie avec l'intendant, murmura la gouvernante comme pour elle-même.

Elle sembla compter silencieusement quelque chose sur ses doigts, puis reprit :

– C'est que le sel se fait rare.

– Nous ne le savons que trop ! Les mines de Sibérie nous en fourniraient davantage si nous arrivions à mieux tenir le pays. Mais cette bande de Tatars...

En prononçant ces mots, il observait le visage de la vieille gouvernante. Cependant, elle n'eut pas la réaction qu'il attendait. Elle chuchota simplement en se signant :

– Maudits soient ces mécréants !

– Si je dois attendre quelques jours, reprit Alexis d'un air hésitant, pourriez-vous me conseiller une auberge où m'installer ?

Comme Eudoxia réfléchissait, il reprit rapidement :

– Me sachant ami de votre maître, vous seriez tentée de m'inviter ici, ce qui serait naturellement plus facile pour la marche de nos affaires, toutefois vous ne le devez pas. Vous ne me connaissez pas, et il faut toujours se méfier d'un étranger. Et puis, je sais bien que certains cosaques ont, par leur mauvaise conduite, desservi la réputation du peuple tout entier.

– C'est vrai, reconnut Eudoxia, c'est vrai.

– Si l'auberge n'est pas trop éloignée, je pourrai venir facilement et vous décharger du décompte des sacs de blé et de la réception du sel.

La gouvernante demeurait hésitante.

– Ne croyez pas, dit-elle enfin, que je ne vous fasse pas confiance, mais dans une maison où il y a trois jeunes filles à marier, que penserait-on si je me permettais d'accueillir un jeune homme ?

Alexis en eut comme un coup au cœur. Trois filles ?

– En effet, commenta-t-il machinalement.

– Leur réputation pourrait être compromise.

– Vous avez raison. Même si je logeais à l'étage des domestiques, peut-être que les mauvaises langues iraient leur train.

Eudoxia croisa et décroisa plusieurs fois ses mains. Non, bien sûr, s'il logeait au rez-de-chaussée de la maison, avec les domestiques, nul ne pourrait parler. Oui, mais tout de même…

– Demande-lui de rester ! lança soudain une voix cassée.

Alexis s'aperçut alors qu'au fond de la pièce, sur l'énorme poêle de faïence, était allongé un vieil homme, qui les regardait.

La gouvernante recroisa ses doigts et, d'un ton un peu contrarié, protesta :

– Croyez-vous, Boris Petrovitch, que ce soit décent ?

– Dis-lui de rester ! rugit la vieille bouche édentée. On s'ennuie à mourir ici, il ne se passe jamais rien.

– Comment pouvez-vous prétendre cela ? Il passe chaque jour ici toutes sortes de commerçants.

– Je ne les vois jamais, tu me les caches !

– Je ne les cache pas, Boris Petrovitch, mais ils ont ici leurs habitudes et se rendent directement aux hangars. S'ils ne montent pas ici, ne m'en tenez pas pour responsable.

– Tu n'as qu'à les faire monter. Tu sais bien que la vie de cette maison doit se tenir dans cette pièce. En tout cas, pour une fois qu'il y en a un qui vient de loin, et que je le vois, garde-le!

– Bien, soupira Eudoxia avec ostentation. Alors, vous pouvez rester…

Elle laissa sa phrase en suspens et leva sur le jeune homme un regard interrogatif.

– Alexis Ivanovitch[1] Mikhaïlov, se présenta-t-il.

– Venez avec moi, Alexis Ivanovitch.

Eudoxia attendit d'avoir de nouveau franchi la porte donnant sur le vestibule, pour murmurer avec un sourire d'excuse:

– C'est le vieux maître, le grand-père de Piotr. Il est très âgé. Il ne descend plus de son poêle et ne s'occupe de rien… sauf quand il s'agit de nous compliquer l'existence.

– Ne vous faites pas de souci pour moi. Je ne voudrais pas être source d'ennuis. Je trouverai certainement une auberge.

– Oh non! Maintenant qu'il a décidé, on ne peut revenir là-dessus. Vous logerez à l'étage des

---

1. Les prénoms* russes sont doubles. Alexis Ivanovitch signifie Alexis fils d'Ivan.

domestiques, bien que je sois désolée de ne pouvoir faire mieux.

– Ce sera très bien.

Eudoxia se pencha sur l'escalier et appela :

– Flena !

Sans savoir pourquoi, Alexis se sentit de nouveau tendu. Il s'attendait à voir paraître la jeune fille qui lui avait ouvert la porte, mais c'est une autre qui arriva par l'escalier. Eudoxia lui expliqua qu'il y avait là un visiteur, et qu'elle devait préparer la meilleure chambre du rez-de-chaussée.

– Excusez-moi, demanda Alexis en reprenant ses esprits. Je n'ai eu l'honneur de rencontrer qu'une seule des filles de Piotr, peut-être serait-il convenable que je salue les autres ?

Eudoxia ouvrit de grands yeux.

– Seigneur Dieu, vous n'avez vu aucune des filles du maître !

– Mais, quand je suis entré…

– Ah ! Ça c'est Tania. Elle n'est évidemment pas une des demoiselles Chorski.

Alexis regarda fixement la gouvernante, dans l'attente d'un mot de plus sur cette jeune fille. Pourquoi n'était-elle *évidemment* pas… ?

Devant l'air déçappointé du jeune homme, Eudoxia ne put s'empêcher d'étouffer un petit rire.

– Vous êtes ici dans une famille honorable. Nos voisins sont de riches marchands, ou des boyards* de la plus haute noblesse. Vous êtes à Riazan, Alexis

Ivanovitch, pas dans un village arriéré. Jamais vous ne verrez une des jeunes filles de cette maison. Elles vivent jusqu'à leur mariage à l'abri du térem, l'appartement des femmes.

Du doigt, elle désignait l'étage du dessus.

Alexis resta frappé de stupeur. Le *térem* ?

– Il faut, reprit sentencieusement Eudoxia, *que les femmes restent assises derrière trente serrures et trente clés pour que le vent ne souffle pas dans leurs cheveux, le soleil ne les brûle ni les beaux garçons ne les courtisent.*

Le térem… Trois filles… Trois filles à l'abri du térem.

– Vous semblez fatigué, Alexis Ivanovitch, remarqua soudain Eudoxia.

– C'est que… j'ai fait un bien long voyage.

– Oh ! Je suis désolée de n'y avoir pas songé moi-même. Je vais demander à Tania de vous apporter un peu de vin et de la mie de pain au citron et au sucre. Après quoi, vous pourrez vous rendre à l'étuve et changer de vêtements, cela vous détendra et vous fera du bien.

En un instant, Alexis réalisa combien il avait été inconséquent : partir sans réfléchir, sans rien préparer, comme s'il s'agissait d'une banale attaque…

– J'ai honte de l'avouer, mais mon voyage a été passablement mouvementé et, à l'étape, je me suis fait sottement voler mon bagage. Je ne possède même plus de quoi me changer.

– Les routes sont si peu sûres de nos jours. Ne vous inquiétez de rien, Tania va s'occuper de cela.

Alexis observa un instant la jeune fille qui le devançait. Sa démarche était légère, elle n'avait plus cet air craintif qu'il lui avait vu à la porte. Finalement, ce petit désappointement dans son cœur, c'était peut-être qu'elle ne soit pas la fille de Chorski. Quitte à en épouser une, celle-ci ne lui aurait pas déplu. Tant pis.

Tuer ou épouser… Tuer lui répugnait plutôt. Et puis, comment tuer quelqu'un qu'on ne peut approcher ? Et les filles du térem, on ne pouvait les approcher qu'en les épousant. Donc, épouser.

Laquelle ?

– Dites-moi, Tania… Vous vous appelez bien Tania ?

La jeune fille répondit par un hochement de tête.

– Vous ne trouvez pas étrange que les jeunes filles d'ici ne quittent pas le térem ?

– C'est la tradition.

– Cela vous paraît normal ?

– Je n'ai pas à en juger.

– Alors, cela vous choque.

Tania tourna la tête vers le jeune homme, un fin sourire sur les lèvres.

– Je n'ai pas dit cela.

Alexis eut une mimique amusée et poursuivit :

– Cela m'étonne de Piotr, car on m'a dit qu'il avait emmené une de ses filles en voyage.

– Ah bon ?

Comme Tania n'ajoutait rien, Alexis insista :

– Qu'en pensez-vous ?

– Les gens aiment imaginer des choses impossibles.

– Pourquoi impossibles ?

– Parce que le monde est dangereux. Le maître aurait-il risqué la vie de ses filles ?... Voici les étuves, ce petit bâtiment, là, dans la cour. Vous n'aurez qu'à confier vos vêtements aux servantes, elles vous en donneront de propres.

Tania fit un léger signe de tête et disparut.

Dans la petite pièce surchauffée, ça sentait bon. Alexis s'assit sur l'épaisse couche de drap blanc qui recouvrait les banquettes et caressa de ses pieds nus la poudre d'herbes et de fleurs séchées semée sur les pavés. Il ne savait plus trop que penser. Tania ne semblait au courant de rien. Ou bien, simplement, elle ne voulait rien dire. D'ailleurs, qui était-elle ? Quel était son rôle exact dans cette maison ? Servante ? Parfois il en avait l'impression, parfois non.

Deux femmes entrèrent, portant de lourds seaux, et jetèrent l'eau parfumée à la menthe sur les dalles du poêle. La vapeur envahit la pièce. Alexis ferma les yeux. Il sentait soudain la fatigue s'abattre sur lui. Trop de choses nouvelles en même temps, trop de choses compliquées, incompréhensibles. Facile, sa mission ?

Il se saisit de la brosse et s'en frotta jusqu'à s'écorcher le corps. Ça l'empêchait de penser. Ne plus penser à rien. Tania mentait. Ne plus penser.

Épouser une des filles, c'était décidé. Après tout, il avait près de vingt ans. Fonder une famille ne lui déplairait pas, et ça rendrait service au clan.

Alors, pourquoi ce sentiment désagréable au fond du cœur ?...

Il savait pourquoi. Chorski n'était pas n'importe qui ; on ne donnerait pas une des filles à n'importe qui, et encore moins à un cosaque.

Pourtant, d'un côté, le ciel semblait être avec lui : aucune des filles n'était encore mariée, et il logeait dans la maison même. Il faudrait prendre garde à tout, savoir tirer parti de tout. Gagner la confiance de la gouvernante, et du vieux aussi. Idée un peu déplaisante. Il ne se sentait pas doué pour la ruse et la tromperie.

Mais non. Ces deux-là, Eudoxia et Boris, lui plaisaient bien. Il ne les tromperait pas en leur montrant de l'amitié.

Alexis était en sueur. Il ouvrit la porte qui donnait sur la cour intérieure, fit quelques pas en courant et se roula dans la neige glacée. Puis il revint à l'étuve et enfila les vêtements propres qu'on lui avait préparés. Il se sentait mieux.

—Je vous attendais, dit Tania quand il pénétra dans la maison. Suivez-moi, voulez-vous ? Eudoxia vous a fait préparer une tête de brochet à l'ail et des rognons au gingembre. Ils vous seront servis dans votre chambre.

Alexis ouvrit la bouche, puis il se ravisa et choisit de se taire. Était-il d'usage, ici, de laisser les invités manger seuls ? Comme si elle devinait ses réflexions, Tania précisa aussitôt :

– Eudoxia vous prie de l'excuser. Seul Boris Petrovitch pourrait dîner avec vous, malheureusement il ne quitte pas son poêle.

– Et vous ?

La question avait échappé à Alexis. Tania sourit.

– Moi ? Je ne suis qu'une servante. Et même s'il en était autrement... Chez vous, les femmes mangent à la table des hommes ?

– Pourquoi non ? Il y a suffisamment à manger pour qu'elles n'aient pas à craindre pour leur personne !

Ils se mirent à rire tous les deux.

– Voici votre chambre, annonça enfin Tania. Je vous souhaite une bonne soirée, Alexis Ivanovitch.

Et elle referma la porte. De nouveau, son visage était redevenu grave. Elle écouta les bruits, dans la chambre, les pas, la chaise qu'on déplaçait, et demeura pensive.

CHAPITRE 3

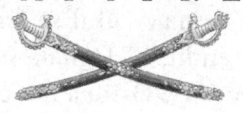

– Timofeï !

La voix venait de dehors. Le chef cosaque souleva la toile qui fermait la tente et interrogea du regard l'homme qui venait de sauter de cheval.

– J'apporte un message d'Alexis. Il lui faut des fourrures.

– Pourquoi ?

– Il a réussi à s'introduire dans la maison du marchand, ce Chorski, où l'on ne se méfie apparemment pas de lui. Il a même réussi à négocier du blé et du sel contre des fourrures. Toutefois, il te fait dire que l'affaire est plus compliquée que prévu. Il faut qu'il demeure un moment sur place pour l'éclaircir.

Un sourire amusé passa sur le visage de Timofeï. Il reconnaissait bien là Alexis : il avait trouvé le moyen de faire d'une pierre deux coups. D'une part, il s'était introduit dans la famille, d'autre part, il en profitait pour procurer des vivres à ses frères cosaques.

– Rassemble des peaux, ordonna-t-il. De la marte, de l'écureuil, du castor, peut-être un peu de lynx ou de renard bleu, s'il nous en reste.

– Je m'en occupe, dit l'homme, mais ce n'est pas tout. J'ai aperçu Ermak*, et il se dirige vers ici.

Timofeï se tendit. Si Ermak, chef des cosaques de la Volga, lui rendait visite à lui, chef des cosaques du Don, ce n'était pas pour rien. Car Ermak était aussi l'ataman, leur chef suprême à tous. Certainement qu'une guerre se préparait, et ça tombait très mal. Lui qui venait justement de décider de ramener ses hommes vers les cieux plus cléments du sud où ils retrouveraient leur femme, leurs enfants, leur maison ! Avec l'hiver qui s'annonçait, ils se seraient bien reposés un peu.

Déjà, dans un grand roulement de sabots, des cavaliers s'approchaient. Timofeï sortit de la tente. Ermak et ses hommes. C'était bien eux ! Il se composa un visage serein pour saluer l'ataman.

Ils échangèrent quelques banalités sur le temps et l'état du pays puis, tandis qu'on dressait les grandes tables de banquet, ils se retirèrent à l'écart.

– Ce sont les Tatars, expliqua alors Ermak. Ils envahissent les territoires de l'est, et le tsar* voudrait bien qu'on les arrête. J'ai besoin de toi.

C'était bien ce que craignait Timofeï. Il réfléchit. L'Est... La Sibérie... Cela lui remit en tête ses précédents soucis, et il pensa de nouveau à Alexis.

– Comme récompense, continua Ermak, il y aura pour toi et tes hommes beaucoup de fourrures, hermine, zibeline d'or, renard noir... Sans compter le sel.

Timofeï ne répondit pas. Les bras croisés, il regardait fixement le sol. Il évitait de lever les yeux sur Ermak parce que, en face de lui, il ressentait toujours une impression d'écrasement. À cause de sa haute taille, peut-être, ou de la largeur de ses épaules, ou de l'éclat métallique de ses yeux. Ermak avait une façon de vous fixer qui vous donnait envie de ramper.

– À ce qu'on m'a dit, reprit l'ataman en enfonçant pensivement ses doigts dans sa barbe noire et drue, tu aurais des intérêts là-bas, en Sibérie.

– Moi, des intérêts ? fit Timofeï d'un air ostensiblement surpris.

– Ce sont les bruits qui courent. Notre tsar bien-aimé (Ermak eut un rictus ironique) t'aurait donné, voilà quelques années, une mine de sel en récompense de tes services.

– Ah... C'est de ça que tu parles !

– Et cette mine de sel se situerait justement en Sibérie, à ce que j'ai cru comprendre.

Timofeï haussa une épaule d'un air impatient. Ermak insista :

– L'as-tu exploitée ?

– Exploiter la mine ? Tu sais bien qu'elle se trouve sur le territoire tenu par les Tatars !

– C'est ennuyeux, dit Ermak d'un ton apparemment compatissant.

Et, fixant Timofeï de ses petits yeux inquisiteurs, il ajouta :

– On dit même que le titre de propriété de cette mine, tu l'aurais revendu.

Timofeï sentit l'agacement le gagner. Un court instant, il faillit nier. De quoi se mêlait-il, celui-là ?

– Je l'ai revendu, répondit-il finalement à contrecœur. Je ne pouvais pas exploiter la mine, ce titre de propriété ne me servait donc à rien. Et puis, à cette époque, nous avions plus besoin de nourriture que d'un document sans intérêt. Je l'ai revendu, oui, contre des sacs de blé.

– Ce n'est pas très étonnant, commenta Ermak avec trop de calme. Seulement le tsar exige maintenant que tu exploites la mine ou que tu lui rendes le document.

Timofeï partit d'un rire sans gaieté.

– Exploiter la mine, c'est impossible. Quant à ce titre de propriété, il s'agit d'une lettre signée de sa main… Si je la lui rendais, Ivan le Terrible, *notre tsar bien-aimé*, prendrait ma tête avec.

– Serait-il homme à se fâcher qu'on lui rende son cadeau ? plaisanta Ermak. (Il reprit son sérieux.) Récupère-le.

– C'est ce que j'essaie de faire, que crois-tu ? Passons à table. Je t'expliquerai la situation ensuite.

Trois heures après, la moitié des hommes ronflaient sous les tables. Ceux qui restaient encore debout bredouillaient des discours incohérents, et les plus vaillants dansaient en tournant interminablement sur eux-mêmes. Ermak fit signe à Timofeï de sortir avec lui.

– Donc, reprit l'ataman comme si la conversation ne s'était pas interrompue, tu as revendu la mine de sel.

– À un marchand nommé Chorski.

– Ta chance est que ce Chorski n'a pas pu exploiter la mine non plus, et ne le pourra pas tant que le territoire sera entre les mains des Tatars. Il a toujours le titre en sa possession ?

– C'est-à-dire… Voilà quatre ou cinq ans, juste après nous avoir racheté ce titre, Chorski a été attaqué sur la route. J'ai longtemps cru que la lettre s'était perdue, jusqu'à ce que j'apprenne par le plus grand des hasards que la fille de Chorski, qui l'accompagnait, avait échappé au massacre.

– Tu crois qu'elle a cette lettre ?

– C'est probable. Je viens d'envoyer un de mes hommes pour le vérifier.

– Si le bruit de tout cela parvenait aux oreilles du tsar, s'il apprenait que tu as revendu son cadeau…

Timofeï se rebiffa :

– Pourquoi l'apprendrait-il ? Si la fille avait parlé, j'aurais déjà eu la visite des gens du tsar. Non, crois-moi, elle n'a pas parlé.

– Et il ne FAUT pas qu'elle parle. De toute façon, si elle n'a rien dit, c'est qu'elle ignore probablement le contenu du document qu'elle a entre les mains et son importance.

– Je ne m'y fierais pas. Je parie que ce genre de donzelle sait lire. Et puis elle a bien dû entendre les transactions. Pour peu qu'elle ne soit pas idiote, elle sait que cette lettre vaudra de l'or le jour où les Tatars quitteront le territoire. Il me faut récupérer ce document.
– Et tuer la fille.
– Alexis en a mission. Et j'ai de bonnes nouvelles à ce sujet.

Ermak passa de nouveau ses doigts dans sa barbe.
– Quel genre d'homme, cet Alexis ?
– Intelligent.
– Je me méfie des gens intelligents.
– C'est que l'affaire est plus complexe que tu ne le crois. En bref, il me fallait un homme capable de faire face et de s'adapter à une situation que personne ne connaissait. Je ne pouvais pas envoyer n'importe qui. Il devait pouvoir s'introduire dans une famille de riches marchands, de bourgeois, tu vois le genre…
– Et cet Alexis te paraît être l'homme qu'il faut ?
– Alexis est un homme à part. Il est le fils d'Ivan Mikhaïlov. Tu connais sa famille.

Ermak plissa les yeux. Mikhaïlov, ça lui disait quelque chose…
– Autrefois riches propriétaires, poursuivit Timofeï. Des domaines, des biens considérables… Sauf que ces terres se situaient sur la frontière. Ils

ont tout perdu pendant les guerres et se sont joints à nous.

– Je vois, dit Ermak. Mikhaïlov... Un des frères s'est installé à Astrakhan. Moi, ces anciens riches...

– Je n'ai jamais rien eu à reprocher aux Mikhaïlov, protesta Timofeï sèchement. Ici, ils sont comme nous tous, cosaques parmi d'autres. La seule différence est qu'ils ont gardé de leur vie d'avant certaines habitudes, qui nous servent. Par exemple, ils savent tous lire et écrire...

– Hum...

– La force des cosaques est justement de rassembler les hommes en difficulté, quels qu'ils soient. Nous venons tous de milieux différents, de mondes différents. C'est notre richesse. Et ça me laisse du choix pour les missions. J'ai préféré envoyer chez ces bourgeois de Chorski un émissaire qui ait une certaine éducation, pour qu'il ne dépare pas. Et il m'est apparu qu'Alexis serait, de nous tous, le moins déplacé dans ce genre de famille.

– Tu as confiance ?

– J'ai confiance.

– Il la tuera ?

– Il la tuera.

Timofeï s'interrompit un instant avant de finir :

– Ou bien il l'épousera. D'une manière comme de l'autre, il récupérera le document et la fille se taira.

Sous l'œil dubitatif de Ermak, Timofeï se prit à penser qu'Alexis ne tuerait pas la fille s'il pouvait l'éviter. Se sentant soudain presque en faute, il crut bon d'ajouter :

– Tu sais comme nous manquons de femmes...

Ermak eut un vague geste de la main. Leur vie errante ne leur permettait guère de fréquenter des femmes, alors ils en enlevaient ici ou là. L'inconvénient, c'était que ces captives ne s'adaptaient pas toujours bien à leur nouvelle vie...

– Crois-moi, décréta-t-il, une femme morte est plus sûrement une femme muette. Mon conseil est qu'il la tue.

Des clameurs s'élevèrent. Du côté des tables, on se réveillait et un cercle commençait à se former autour d'un jeune cosaque qui dansait. Il faisait des bonds extraordinaires, lançant ses jambes l'une après l'autre, retombant accroupi sur ses deux pieds sans jamais perdre l'équilibre. Des voix l'encourageaient, scandaient ses sauts, des mains frappaient en cadence chaque fois que ses pieds touchaient le sol. Puis, soutenu par les clameurs, il se mit à lancer ses deux jambes en même temps, en touchant de ses mains, à chaque saut, le bout de ses bottes de cuir. Le bouffant de son pantalon qui volait soulignait la violence et la force de ses mouvements, les rendant plus spectaculaires encore.

Quand enfin il s'arrêta, il fut soulevé par une forêt de bras enthousiastes et jeté dans un tonneau d'hydromel. Il en avala avec ostentation de grandes lampées, avant qu'on ne l'extirpe de son bain. Chacun plongea alors la tête dans le tonneau en hurlant de rire. Les barbes dégoulinaient, les cheveux collaient, le brouhaha devint assourdissant.

Contournant la tête de sanglier qui avait roulé par terre au milieu des os d'antilopes où pendaient encore des lambeaux de chair, les deux chefs revinrent vers les tables.

– Quand tu auras la lettre signée du tsar, reprit Ermak en puisant avec un gobelet dans le chaudron de vin, il vaudra mieux pour toi exploiter la mine. Et, pour ça, il faut que le pays soit débarrassé des Tatars. Donc…

– … J'ai intérêt à m'associer avec toi pour les combattre.

Timofeï songea qu'en plus de la mine de sel, ils auraient de l'argent frais, et que cela ne ferait pas de mal. Ils avaient récemment capturé un pacha turc et négocié sa libération pour trente mille pièces d'or (sans compter les bénéfices sur les autres prisonniers, qu'ils avaient revendus comme esclaves), mais les fonds étaient déjà dépensés.

Il jeta un regard vers ses hommes qui, maintenant, chantaient, accompagnés par les deux luths à huit cordes. Ils se ressemblaient tous, et tous étaient différents : les uns grands et trapus, fils sans doute de femmes tatares capturées lors de raids anciens, d'autres blonds comme les Slaves, ou bruns comme des Turcs. La plupart ne se rattachait plus à aucun type physique, mélange hétéroclite de races différentes. Il y avait ceux qui portaient barbe et cheveux longs, ceux qui n'arboraient que les fortes moustaches des cosaques du Dniepr, ceux qui avaient le crâne rasé avec juste une mèche de cheveux longs. Les costumes colorés des uns tranchaient sur les grossiers vêtements de peaux des autres.

– C'est bon, acquiesça-t-il, parle-leur.

Il lança un coup de sifflet strident qui calma peu à peu l'excitation.

Ermak se redressa alors de toute sa hauteur et, fixant tour à tour chaque visage de ses yeux gris, il parla de sa décision de vendre ses services pour la conquête de la Sibérie, et du profit que tous pourraient en tirer. Il se proposait de partager cette aubaine avec eux, de donner une leçon à ces maudits Tatars et de récupérer la mine de sel qui leur appartenait. Il leur assurait des vivres et la subsistance de leur famille pendant tout le temps de la guerre, bref il déploya au mieux son éloquence.

Le public semblait réticent, plus tenté de rentrer au pays que d'aller risquer sa vie dans des contrées inconnues.

– Cosaques, finit-il d'une voix enflammée, nous sommes cosaques ! Un mot qui inspire la crainte. Parce que nous sommes libres, et que nous sommes forts. Les plus forts ! Et que nous ne renonçons jamais. Allons en Sibérie ! Nous y trouverons gloire et richesse. Cosaques nous sommes, cosaques nous restons !

Les derniers mots furent salués par des cris de guerre et des exclamations, les bonnets de fourrure volèrent. Cependant, rien n'était forcément gagné. Quelques secondes de réflexion, et tout pouvait encore basculer, Timofeï le sentit. Il précisa qu'on emmènerait les familles pour les installer plus près, à Perm, et que des maisons leur seraient construites. Puis, rapidement, il procéda au vote en demandant qui était contre le projet.

On entendit les grognements de ceux qui avaient du mal à renoncer à la douceur du Sud.

– Qui est pour ?

Des applaudissements, d'abord faibles, puis plus nourris. Timofeï jugea que les applaudissements avaient été plus nombreux que les grognements et déclara :

– Nous avons voté pour la conquête de la Sibérie. Rassemblez les provisions, eau-de-vie, soufre, farine, biscuits, gruau d'avoine. Le tsar fournira le plomb et les boulets de canon.

Timofeï les regarda s'éparpiller aussitôt pour obéir aux ordres. Oui... Conquérir la Sibérie et récupérer la mine de sel... Encore fallait-il qu'Alexis remette la main sur ce maudit acte de propriété !

CHAPITRE 4

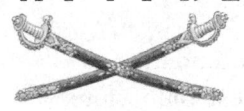

– Je vous assure, Eudoxia, protesta Alexis, je suis très bien installé. Beaucoup mieux que dans la plus confortable des auberges.

– Vous êtes trop bon, Alexis Ivanovitch. Depuis la mort du maître…

Elle demeura hésitante.

– Rassurez-vous, insista Alexis, tout est toujours parfait.

– Ce n'est pas ce que je voulais dire… Je sens que quelque chose se dégrade petit à petit. Voyez-vous, je fais ce que je peux, mais personne ne remplacera le maître, et le commerce végète.

Elle croisa ses gros doigts et reprit :

– Piotr Chorski était un homme extraordinaire. Un aventurier, pourrait-on dire. Il courait le monde à la recherche de nouveaux marchés, négociait de la soie avec les Perses, des chevaux avec les Tatars, des peaux avec les cosaques. Il vendait du cuir aux Lituaniens, des dents de morse aux Turcs… Qui pourrait le remplacer ? Bien sûr, nous continuons à opérer quelques transactions, cependant les affaires périclitent. Plus de soie ni de chevaux, ni de morse...

— Et votre intendant ?

— Grégoire est bien vieux. Et puis ce n'est pas pareil, il se contente de... Peu de gens, comme vous, viennent de loin, pour des transactions importantes. À ce propos, avez-vous des nouvelles des peaux ?

— Pas encore, mais cela ne saurait tarder.

— À l'entrée de l'hiver, la fourrure se vend bien.

— Est-ce que je peux me permettre de vous faire une suggestion ?

— Dites.

— Revendez les peaux rapidement et profitez-en pour acheter un peu de bétail. Il m'a semblé que vos réserves n'étaient pas très importantes. Mieux vaut prévoir. Le froid arrive. Vous ferez abattre les bêtes dès que le gel sera assez fort pour conserver la viande et, s'il vous en reste à la fin de l'hiver, tant mieux, vous aurez le moyen de la revendre à bon prix. Je dirais de même pour le poisson séché. Quant à vos réserves de bois...

La gouvernante fixa sur le jeune homme des yeux étonnés.

— Ne m'en veuillez pas, s'excusa Alexis. Je n'ai pas voulu être indiscret. J'ai secouru ce matin votre intendant qui se sentait mal, et il a tenu ensuite à me faire visiter les hangars.

— Et vous avez noté tout cela ?

— J'ai peur... de m'être mêlé de ce qui ne me regardait pas.

– Nullement. Nullement. Ah ! Tout va mal. Notre pauvre Grégoire fait pour le mieux, mais sa santé n'est plus très bonne. Certains jours, c'est à peine s'il arrive à tenir sur ses jambes. Vraiment, il faudrait un homme, dans cette maison !

– Tant que je suis là, je peux vous aider. Et, j'y pense justement, j'ai entendu dire en ville qu'un bateau venait d'accoster. Il arrive du Caucase. Vous devriez profiter de cette opportunité pour refaire votre stock de produits d'importation.

La gouvernante soupira :

– Ah ! Ce serait bon que quelqu'un enlevât un peu de poids de mes épaules.

Alexis sentit qu'il avait gagné le cœur de la vieille dame. Il n'en avait pas honte : si cela arrangeait ses affaires, cela ne nuisait pas pour autant à la maison Chorski, bien au contraire. En tout cas, sa visite des hangars avait été profitable. Il était clair que la maison allait à la dérive, et cela n'était pas mauvais pour lui. Il en profita pour remarquer :

– Quand vous aurez marié les jeunes filles, vous aurez sans doute moins de problèmes.

Eudoxia resta un moment silencieuse. Ces simples mots semblaient lui causer des soucis.

– Quand j'aurai marié les jeunes filles, répéta-t-elle en écho.

– Elles sont riches, de beaux partis.

– Riches, soupira la gouvernante, elles auraient pu l'être... Ne croyez pas que mon regretté maître fût un homme imprévoyant, mais toutes ces années ont rongé peu à peu ce qu'il avait laissé. Et sans doute y a-t-il de ma faute.

– Vous avez fait ce qui était en votre pouvoir, consola Alexis.

En même temps, il songeait que si les filles n'avaient pas de fortune, on serait moins difficile sur le mari.

Eudoxia s'affaissa un peu plus sur le banc. Alexis eut l'impression qu'elle allait se mettre à pleurer, et il détestait voir quelqu'un pleurer. Cela remuait chez lui, même s'il n'y était pour rien, un soupçon de mauvaise conscience.

– Les filles de Piotr sont encore jeunes, je crois, reprit-il.

– L'aînée a dix-huit ans. Il serait temps de la marier. Et puis ensuite, il y a Sophia, la cadette, qui va sur ses dix-sept ans, et notre petite Maria, qui a quinze ans.

Voilà qui ne faisait pas l'affaire d'Alexis. Question d'âge, il pouvait s'agir de n'importe laquelle des filles.

– Il me semble, tenta-t-il, que c'est cette petite Maria, qui accompagnait son père lors de son dernier voyage.

Eudoxia leva sur lui des yeux à la fois inquiets et surpris.

– Quelle idée! souffla-t-elle. Maria... Quelle idée! Qui vous a dit cela?

– Je ne m'en souviens pas. J'ai seulement entendu parler d'une fille qui était avec Piotr et avait ramené le traîneau.

– Vous avez entendu… Quelle idée ! reprit Eudoxia avec plus de force. Le maître voyageait seul, toujours.

Ses lèvres se pincèrent. Elle se leva, comme pour mettre fin à la conversation, puis, se reprenant :

– Piotr était certainement un aventurier, toutefois il n'aurait pas risqué ainsi la réputation d'une de ses filles !

Déconcerté, Alexis ne sut plus quelle attitude prendre.

– Excusez-moi, Eudoxia, mais pourquoi « la réputation » ?

– Enfin, Alexis Ivanovitch, croyez-vous qu'il soit décent pour une jeune fille de bonne famille de courir le monde ? Nous devons pouvoir la marier en disant à son mari : « Voici une femme qui n'a jamais quitté le térem », et répondre ainsi de sa bonne éducation.

– … Vous avez raison, on ne prend jamais trop de précautions.

Alexis tentait de garder son sang-froid, mais les mots d'Eudoxia le plongeaient dans la plus grande perplexité. Une fraction de seconde, la pensée qu'il s'était trompé de maison l'effleura. Allons, c'était impossible ! L'intendant le lui avait confirmé : Piotr Chorski avait bien trouvé la mort lors d'un de ses voyages dans le Sud, d'une flèche tatare. C'était bien le même homme. Alors pourquoi tout le monde niait-il qu'il fut accompagné d'une de ses filles ?

Comme Eudoxia semblait un peu fâchée, il entreprit de détourner le cours de ses pensées et déclara d'un ton admiratif :

– Vous habitez une bien belle ville, un pays magnifique. Savez-vous ce qu'on en dit jusqu'aux rives de la mer d'Azov ? Qu'ici un seul grain donne deux épis. Que le blé pousse si serré que les chevaux ont peine à traverser les champs et que les cailles ne peuvent s'envoler quand elles s'y sont posées.

La gouvernante se détendit un peu. Devant l'amabilité d'Alexis, elle fit un retour sur elle-même et s'excusa :

– Je crois que je me suis montrée impolie. C'est que je ne veux pas qu'on colporte des sottises sur mes jeunes filles. Vous comprenez, leur mère me les a confiées en mourant.

– Je comprends.

Eudoxia considéra un moment le cosaque. Les vêtements de feu Piotr étaient un peu larges pour lui, mais il les portait bien. Elle lui sourit.

– Sans doute ne resterez-vous pas assez longtemps pour mieux connaître ce pays. Malheureusement, vous repartirez…

– Je crains de n'avoir plus rien à faire ici lorsque nos affaires seront réglées.

– *Le poisson cherche*, dit une voix venant du poêle, *où l'eau est la plus profonde, l'homme où il peut vivre le mieux*.

– Que dites-vous, Boris Petrovitch ? demanda Eudoxia d'un ton dépourvu d'intérêt.

– Que l'homme repartira là où il a ses racines.

Alexis se mit à rire. Ce vieil homme l'amusait. Il était capable de rester silencieux pendant des heures, au point qu'on oubliait sa présence, et il se mêlait inopinément à la conversation. D'après Eudoxia, s'il avait élu domicile sur le poêle de la grande salle, c'était justement pour profiter de tout ce qui se disait.

– Boris Petrovitch a raison, soupira Eudoxia, votre port d'attache n'est pas ici.

– Pas ici, reprit le vieillard d'un ton sentencieux.

– Si je puis me permettre, reprit la gouvernante, ce bateau dont vous parliez... Notre pauvre Grégoire est incapable d'aller négocier, et moi-même...

– Ne vous inquiétez de rien. Je m'en occuperai.

– Je suis désolée de vous demander cela.

– Ne le soyez pas, surtout. Je vais vous faire une confidence : j'adore marchander. Un de mes oncles possède un commerce florissant dans la belle ville d'Astrakhan, et il m'est arrivé souvent de séjourner chez lui. Ne vous tourmentez pas, cela me fait plaisir. Si vous le désirez, je ne quitterai pas votre maison avant d'avoir reconstitué vos réserves. Pour l'instant, je vais de ce pas consulter l'intendant, et voir avec lui ce que je peux me permettre d'acheter pour vous. Je descendrai ensuite au port.

– Vous êtes trop bon, Alexis Ivanovitch, et j'ai honte, mais je suis heureuse d'accepter vos services. Prenez le traîneau, il doit être attelé. Vous le trouverez dans la cour de derrière, celle qui donne sur la campagne. Je vais demander à deux serviteurs de vous accompagner.

– Eudoxia, s'écria soudain le vieillard. On frappe à la porte !

– Grand Dieu, ne hurlez pas ainsi, Boris Petrovitch. Si quelqu'un a frappé, Tania ira ouvrir.

– Tania…, soupira le vieillard en secouant la tête d'un air dubitatif.

On entendit encore deux coups discrets, et Tania parut dans le vestibule. Ce n'était plus la jeune fille qui avait quitté Alexis la veille au soir sur le seuil de sa chambre. Elle avait de nouveau ce visage tourmenté qu'il lui avait vu la première fois.

– Va, encouragea Eudoxia d'un ton rassurant.

Puis elle échangea avec le vieillard un regard dont Alexis ne comprit pas la signification. La jeune fille ouvrit la porte comme elle se serait jetée à l'eau.

– C'est une religieuse, annonça-t-elle en direction d'Eudoxia. Elle vient quêter pour le monastère.

– Fais-lui donner un sac de grain, répondit la gouvernante sans se déplacer.

En cet instant, Tania sembla avoir retrouvé toute son assurance. Elle proposa :

– Il vaudrait mieux le faire livrer directement au monastère.

– Tu as raison, envoie un serviteur.

Tania transmit la réponse à la quêteuse et referma doucement la porte.

– Ah ! Tania, reprit Eudoxia. J'oubliais. Les cousines de ces demoiselles réclament leur visite. Peux-tu le leur dire ? Elles les invitent à se rendre chez elles dans l'après-midi. Veille à ce que le traîneau soit bien clos et rappelle-leur qu'elles ne doivent pas être tentées d'en soulever le rideau, même si elles sont voilées.

– Elles le savent, repartit Tania en souriant malicieusement, ce ne sont plus des enfants, Eudoxia !

Alexis la regarda quitter la pièce, puis il demanda :

– Excusez-moi, Eudoxia, je ne voudrais pas me montrer indiscret, mais je ne voudrais pas non plus commettre d'impair. Je n'ai pas bien compris le rôle de Tania ici, et je ne sais ce que je peux me permettre de lui demander.

– Mon Dieu, commença Eudoxia avec lenteur, Tania est une servante.

– On ne peut pas lui demander n'importe quoi, tout de même ! glapit le vieil homme depuis son poêle.

Eudoxia lui adressa un regard noir, et gronda :

– Taisez-vous, voyons ! Il est inutile de crier pareillement. (Elle se tourna vers Alexis.) Tania a été recueillie par ma maîtresse, qui l'a prise sous sa protection. Je pense que c'est une enfant trouvée, car elle ne parle jamais de ses parents, et je crois qu'elle a eu des malheurs dans sa vie. Ainsi, elle sursaute chaque fois qu'on frappe à la porte, et cela fait peu de temps qu'elle accepte d'ouvrir. Allez savoir pourquoi…

Alexis resta un moment pensif puis, se ressaisissant, il déclara :

– Il faut que j'aille voir, pour le bateau. Le mieux est peut-être que Grégoire m'accompagne, s'il est rétabli.

– Vous avez raison, je vais le faire prévenir.

Alexis descendit l'escalier, passa par les logements des domestiques et sortit dans la première cour. Puis, en empruntant les passages couverts, il rejoignit les hangars et les traversa. Dans la cour extérieure attendait le traîneau, attelé de deux chevaux rouans.

Dès qu'ils virent Alexis sortir, les serviteurs ôtèrent la housse de drap rouge qui protégeait la place des voyageurs et s'inclinèrent. Le jeune homme posa le pied sur le traîneau. Sur la banquette étaient étendues des peaux. Des peaux d'ours blanc.

Alexis s'assit et caressa de la main les fourrures un peu rêches. Il se trouvait dans la bonne maison. Exactement là où il devait être.

CHAPITRE 5

— Enfin te voilà, Tania. Tu n'es pas venue ce matin !
— Bonjour, Anastasia. Bonjour, Sophia. Bonjour, Maria.
— Ça y est, lança Maria, elle a son air de conspirateur.
— Ne nous fais pas languir, Tania. Il se passe des choses dans la maison, nous avons entendu des bruits et une voix d'homme.
Anastasia considéra Tania et, devant son peu d'empressement, elle insista :
— Tu m'entends, Tatiana Fédorovna ?
— Chut ! souffla Tania. Ne m'appelle pas ainsi, les murs ont des oreilles.
— Les murs du térem…, soupira Sophia.
Et elle regarda vers la fenêtre. Comment expliquer combien elle s'ennuyait ici, combien ces quatre murs lui faisaient horreur. Coudre, broder, raconter des fadaises toute la journée. Ah ! souvent elle enviait Tania.

Non, elle ne pouvait pas se permettre de dire cela. Non.

– Raconte-nous, demanda Anastasia.

– Oh oui ! renchérit Maria, raconte vite.

– Eh bien voilà : un homme est arrivé.

– Quel genre d'homme ?

– Cosaque.

Un silence se fit. Les trois sœurs considéraient Tania avec stupéfaction.

– D'après Eudoxia, ajouta celle-ci, il vient seulement acheter du sel.

Anastasia soupira à son tour. Elle se sentait soudain à la fois déçue et soulagée : ce n'était pas un prétendant. Elle appréhendait le jour où elle devrait quitter cette maison, ses sœurs qu'elle aimait – et détestait parfois – mais elle était l'aînée, elle se marierait la première. Elle ne serait pas une trop mauvaise surprise pour l'homme qu'elle épouserait. Sans être vraiment jolie, elle avait un visage agréable. Elle était grande, blonde, un peu potelée, juste ce qu'aimaient les hommes, à ce qu'on prétendait.

– Il est beau ? demanda Maria.

– Quelle importance ? lâcha Anastasia.

– Il est assez beau, déclara Tania. Je crois qu'il vous plairait.

Sophia suivit du doigt les broderies de sa robe, puis, comme si elle n'avait pas entendu la première réponse de Tania, elle demanda :

– Pourquoi est-il là ?

Le regard de ses sœurs convergea vers elle. Sophia avait raison : pourquoi était-il là, dans leur maison précisément ?

– Il vient acheter du sel, reprit Tania, mais il m'a tout de même demandé si l'une d'entre vous a bien fait un voyage avec Piotr.

– Il t'a demandé ça ?

– Qu'as-tu dit ?

Tania ne répondit pas à la question.

– Et tout à l'heure, poursuivit-elle, je l'ai entendu aborder le même sujet avec Eudoxia. À mon avis, il cherche plus exactement à savoir qui accompagnait Piotr lors de son dernier voyage.

Les trois jeunes filles retinrent leur souffle.

– Les murs du térem n'ont ni bouche ni oreilles, souffla Sophia.

Anastasia et Maria se remirent à leur partie d'échecs, Sophia reprit la bourse qu'elle brodait, mais le cœur n'y était plus. Ne sachant pas comment exprimer tout ce qui leur passait par la tête, elles se taisaient. Elles se sentaient partagées entre excitation et inquiétude. Excitation de voir leur trop calme vie animée par une nouvelle de cette importance, inquiétude de ce que cette nouvelle pourrait entraîner. Peut-être rien, d'ailleurs… Que pouvait-il se passer sous le toit du térem ?

Tania se leva pour aller choisir un taffetas blanc dans le coin aux tissus. Elle y broderait des motifs rouges et en ferait un coussin. Contrairement aux trois sœurs qui vivaient recluses dans le térem, elle s'y était toujours sentie bien. Il était gai, clair, avec ses fenêtres rouges ouvrant sur les quatre horizons, son plafond de bois sculpté, ses tapis épais. C'était la paix, l'abri, le cœur du monde.

– Cet après-midi, annonça-t-elle, vous êtes invitées chez vos cousines.

– Ah ! remarqua Anastasia sans grande joie. Cela nous fera sortir un peu.

– Tu veux dire, ironisa Sophia, quitter ces quatre murs pour s'enfermer dans quatre autres.

– Quand même, s'emballa Maria, moi ça me plaît de voir d'autres têtes.

– Bah ! lâcha Anastasia. Pour qu'elles nous parlent de leur nouvelle robe, de leur prochain mariage, de ce que leur père a promis pour leur dot...

– Eh bien, dit Maria, nous aussi, nous nous marierons un jour !

Personne ne fit de commentaire.

– Il paraît, reprit Tania comme si elle n'avait rien écouté, que les poissons de la Volga remontent à certaines périodes dans un lac, avant de revenir dans la Volga. On dit que plus ils ont séjourné dans le lac, meilleurs ils sont. Un bon pêcheur doit savoir évaluer, rien qu'en les goûtant, le temps qu'ils ont séjourné dans le lac.

– Qui t'a raconté cela ?
– Votre arrière-grand-père, Boris Petrovitch.

– Pourquoi ne monte-t-il pas plus souvent nous voir ?
– Il faudrait qu'il se décide à quitter son poêle...
– Qu'as-tu appris encore ?
– Que le prince de Moscovie, *notre tsar bien-aimé*, cache ses trésors dans les marécages.
– Sous l'eau ?
– Non, dans une ville entourée de marécages. Elle s'appelle Beloozero.
– Cela ne le met à l'abri qu'à la belle saison, remarqua Anastasia. Comme le disait notre père, « ni forêt ni lac n'arrête le traîneau de l'hiver ».
– Et encore, insista Maria, qu'as-tu à nous apprendre, Taniouchka ? À vivre dans le monde, tu en sais plus que tous les livres de la bibliothèque.
– Je sais seulement des choses différentes. Toi-même, si tu lisais ces livres...
– Ça m'ennuie.
– Ne grogne pas, Mariouchka. Tu ne te rends pas compte de la chance que tu as eue. Votre père était un homme merveilleux, il vous a donné toutes les possibilités de vous ouvrir l'esprit. Il vous a fait enseigner la poésie et les sciences, la philosophie, l'histoire. Vous possédez toutes sortes de livres, en polonais, en latin... Je vous assure, même parmi les hommes, peu en savent autant que vous.
– Ton père n'a-t-il pas fait de même avec toi ?
Tania regarda Maria, puis, baissant la voix :

– Si… Mais moi je ne compte pas, n'est-ce pas ? Je ne suis qu'une servante.

Sophia jeta un regard sévère à sa plus jeune sœur. Le térem n'était pas une bonne école : on avait toujours si peu à se dire qu'on profitait de la moindre occasion pour parler, même quand il aurait mieux valu se taire.

– Le traîneau d'Andréï Paratov s'est retourné, reprit Tania avec une certaine gaieté. Les chevaux s'étaient emballés, et il paraît qu'on a eu beaucoup de mal à les rattraper et à les calmer. Heureusement, Andréï a été éjecté dès le début.

Les trois jeunes filles éclatèrent de rire, d'autant plus fort qu'elles se sentaient un peu oppressées.

– Pauvre Andréï ! Je le vois, roulant son gros ventre dans la neige fraîche.

– J'ai horreur qu'on abîme la neige…

Maria recommença à rire de plus belle.

– Dommage que ça ne se soit pas passé sous nos fenêtres, les spectacles sont si rares.

– Il a roulé, poursuivit Tania, au pied d'un saltimbanque qui était en train de donner une représentation avec un ours et une chèvre, et il a, à ce qu'on dit, échappé de bien peu à un coup de patte de l'ours. En revanche, la chèvre lui a léché le visage, et ça a été plus terrible pour lui que la chute. Quand on s'est porté à son secours, il a dit que ses blessures n'étaient rien, mais que d'urgence on lui lave le visage.

De nouveau, les rires égayèrent le térem.

– Impossible de continuer cette partie d'échecs, soupira Anastasia en repoussant la table de jeu. Comment voulez-vous que je me concentre dans ces conditions ?

Elle se leva en s'étirant et fit quelques pas vers la fenêtre qui donnait sur la rue.

– Dehors, c'est la vie, soupira-t-elle. Au coin, je vois la vendeuse de gelée de raifort. Il y a un homme qui passe, un serviteur. Il porte une grande soupière. Si on pouvait ouvrir la fenêtre, on saurait si c'est de la soupe aux choux ou aux sterlets[1]. Tiens, voilà un autre serviteur, qui le suit, avec des petits pots sur un plateau.

– Du caviar de biélouga[1], suggéra Maria.

– Je crois qu'ils vont entrer chez les Strogov.

– C'est sans doute un autre boyard qui lui fait envoyer un repas en cadeau.

– N'y a-t-il que deux serviteurs ?

– Non, deux autres encore.

– Ça me donne faim...

Maria rejoignit sa sœur à la fenêtre.

– Oh ! regarde, Anastasia, n'est-ce pas un de nos traîneaux qui vient de passer au bout de la rue ?

– Si, je crois. J'ai reconnu Grégoire, avec quelqu'un d'autre.

Tania se leva.

---

1. Sterlet et biélouga sont des variétés d'esturgeon.

– C'est le cosaque, je pense. Bien, je vais vous faire monter le repas. Je crois qu'il y a du canard aux concombres, des poissons farcis et une tourte au millet et aux champignons.

– Toujours pas de cervelle d'élan ?

Tania eut un petit geste d'excuse.

– Ah ! se désola Anastasia, voilà tout notre souci : ce qui se passe dans la rue, et ce que nous allons manger. Et avec l'hiver, tout devient encore plus terne.

– *En hiver*, récita Maria, *on s'enferme et on laisse passer le vent.*

Maria appuya son front à la fenêtre qui donnait sur la campagne. Tout était blanc, immaculé. Les sapins semblaient avoir perdu de leur vigueur, leurs longues branches s'affaissant peu à peu sous le poids de la neige. Anastasia et Sophia chantaient à deux voix un chant triste.

En bas, le jardin était désert. L'été, elles y descendaient parfois, mais rarement l'hiver. La neige gâtait le bas des robes.

Maria regarda vers le lac. Là-bas, une tache sombre progressait. Tania. Elle allait sans doute rendre visite au cygne.

Le cygne, on ne le voyait plus sur le lac. Bien que l'eau ne soit pas encore prise par les glaces, il s'était déjà réfugié dans le petit bois. D'ailleurs, Tania se dirigeait vers les arbres, se glissait sous les branches... Quelle drôle d'idée, que de s'attacher à un cygne ! Un oiseau si ordinaire ! Et pourtant, elle allait le voir tous les jours et, même, elle lui parlait. Elle lui disait des choses et il lui répondait. Du moins, c'était ce qu'elle prétendait, mais Maria n'en croyait pas un mot.

– Tania est encore avec son cygne, observa-t-elle.

Le chant s'arrêta, et Anastasia dit :

– Elle a besoin d'un ami.

– Et nous, nous ne sommes pas ses amies ?

– Ce n'est pas pareil...

– Oh, je vois le cosaque ! Si, je vous jure ! Il va vers le lac !

Les deux sœurs levèrent la tête.

– Il va vers Tania ?

– Non, il ne doit pas savoir qu'elle est là, on ne la voit pas. (Elle suivit Alexis des yeux.) Il est bel homme...

Son ton était nettement admiratif. Les deux sœurs quittèrent leur ouvrage en essayant de ne pas y mettre trop de hâte, et trois visages s'encadrèrent dans la fenêtre, pour scruter le lac. Un peu de glace commençait à miroiter sur ses berges.

Trois regards tentèrent de détailler le jeune homme, mais il était loin. On pouvait juste voir qu'il détachait le radeau de troncs d'arbres, celui qui était percé d'une ouverture carrée au milieu.

– Croyez-vous qu'il aille se baigner ? s'enquit Maria.

Les autres ne répondirent pas. Le radeau s'éloignait maintenant de la rive.

– Je ne vois plus le cosaque ! s'exclama Anastasia.

– Sans doute qu'il s'est laissé glisser dans l'eau, supputa Maria. En tout cas, il n'est plus sur le radeau.

Sophia eut un petit frisson et murmura :

– J'ai horreur de l'eau froide.

Elles restèrent toutes trois immobiles, à contempler au loin le lac, et la tache sombre sur le lac. Et, de nouveau, un mélange d'espoir et d'inquiétude leur étreignit le cœur.

CHAPITRE 6

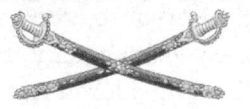

—Entrez ! lança Alexis.

Il venait juste d'enfiler sa première botte. Tout en glissant son pied dans l'autre, il tourna la tête vers la porte. C'était Tania, un plateau à la main.

—Bonjour, Alexis Ivanovitch, je viens renouveler votre provision de concombres salés et de pruneaux confits.

—Il ne fallait pas vous donner cette peine, Tania. J'ai tant mangé et bu hier au soir, que je ne me sens guère d'appétit ce matin.

Tania hocha la tête avec amusement et posa son plateau sur la table basse. Alexis l'observait en silence. Il lui trouvait une grâce, une façon d'incliner la tête, de parler…

—Vous n'êtes pas une servante, n'est-ce pas, Tania ?

Elle sursauta et rougit. Une fraction de seconde. Puis, très vite, elle se mit à rire.

—Que dites-vous là, Alexis Ivanovitch ? Vous vous moquez, je pense. Vous voyez bien que je ne suis qu'une servante.

Elle songea un court instant qu'elle n'aurait pas dû dire « qu'une » servante, mais « une » servante. Elle se méfiait de ce cosaque, elle était sûre qu'il l'aurait remarqué. Il la considérait avec… elle ne savait quoi au fond des yeux, qui la perturbait.

— Eudoxia ne vous traite pas comme telle, observa-t-il.

— Eudoxia est bonne, elle veut que ses servantes soient heureuses dans sa maison.

Alexis savait qu'il n'en était rien. Il avait entendu la gouvernante parler à Flena, qui servait à l'étage, et son ton n'était pas du tout le même. Il n'insista pas.

— Si vous n'avez plus besoin de moi, dit la jeune fille en faisant le geste de se retirer.

— Tania…

— Oui, Alexis Ivanovitch ?

— Sans le vouloir, je vous ai aperçue auprès du lac, avec un cygne.

— Ah !

— Il ne semble pas farouche.

— C'est un ami. Il n'a pas eu de mère, elle a été tuée par des chasseurs avant que ses œufs n'aient éclos. J'ai tenté de sauver les petits, mais un seul a survécu.

— Il semble vous être attaché.

Tania sourit et, sans répondre, elle se dirigea vers la porte.

— Tania…

– Oui ?
– Pourquoi vous en allez-vous toujours si vite ? Auriez-vous peur de moi ?
– Je ne crois pas, Alexis Ivanovitch.
– Peur des cosaques, c'est cela ?
– Pourquoi en aurais-je peur ?
– On raconte tant de choses sur nous...
– Je pense qu'il en va des cosaques comme du reste du monde. Il doit y en avoir de bons et de mauvais.

Alexis n'arrivait à rien. Il avait l'impression de ne rien dire de ce qu'il fallait, et que tout sonnait faux.

– Vous ne connaissez pas les cosaques, reprit-il. Moi, je les aime. Chez eux, plus de pauvres ni de riches. Nous partageons de la même façon le dénuement et l'abondance. On vous accueille sans vous demander qui étaient vos parents. Plus d'origine, plus de nobles ni de paysans. Nous sommes un peuple libre, et chacun n'y est jugé que sur sa propre valeur.

Il se demanda pourquoi il était en train de raconter ça. Tania leva les yeux.

– Qu'appelez-vous « valeur », Alexis Ivanovitch ? La force physique, la capacité à se battre ?

Alexis considéra la jeune fille avec perplexité.

– Eh bien... Il y a un peu de cela, sans doute.
– C'est bien ce que je craignais. Vous ne vous reconnaissez ni père ni mère, mais vous savez vous battre.

Tania fit un mouvement pour sortir. Alexis l'attrapa par le bras presque violemment.

– Ah non ! Pourquoi prenez-vous si mal tout ce que je dis ? Je n'ai jamais prétendu que je refusais d'avoir des parents. J'en ai et je les aime. Mon grand-père a fui les invasions, mon père est né cosaque, et moi aussi, et nous n'avons pas à en rougir. Ma mère est une princesse nogaï.

Il saisit de l'étonnement dans le regard de Tania, et ajouta :

– Je sais, je ne lui ressemble pas. Les Nogaïs sont plus mongols que russes, et moi plus russe que mongol, n'est-ce pas ?

Tania le considérait toujours d'un air attentif.

– Comment, demanda-t-elle enfin, un cosaque épouse-t-il une princesse nogaï ?

Alexis ne répondit pas tout de suite. De nouveau, il se sentait engagé sur une mauvaise pente. La tentation de mentir lui traversa l'esprit. Au lieu de ça, il s'entendit expliquer :

– Ma mère a été enlevée, comme bien d'autres femmes... Non, ne t'en va pas, Tania. Je n'y suis pour rien. Les cosaques ont longtemps vécu ainsi. Ils étaient toujours en marche, comment auraient-ils pu se procurer des femmes ?

– Effectivement, reconnut Tania d'un ton trop uniforme, vous n'y êtes pour rien.

– Ne le prends pas ainsi. Regarde-toi. Regardez-vous tous, ici. Trois filles qui attendent qu'on les marie, enfermées dans leur térem. On les assiéra près d'un homme qu'elles ne connaissent pas, un prêtre les bénira, et on leur dira : « Voilà ton mari. » Seront-elles plus heureuses que ne l'a été ma mère ?

Tania ne répondit pas.

– Je ne voudrais pas que vous pensiez du mal des cosaques, Tania.

– Je ne pense rien des cosaques, Alexis Ivanovitch, dit Tania en s'inclinant légèrement.

Elle ne sut pas pourquoi ces derniers mots étaient passés si mal. Elle se sentait la gorge nouée. Elle fit demi-tour et quitta la pièce.

Alexis sortit sur le perron et referma soigneusement la porte derrière lui. Il se surprenait à avoir des gestes d'affection pour cette maison où il n'habitait pourtant que depuis trois jours. Tout en descendant le grand escalier, il songea qu'il avait maintenant réussi à faire admettre sa présence par tous. La gouvernante lui confiait l'initiative des achats, et l'intendant ne jurait que par lui, le consultant sur tout, aussi bien sur les coupes de bois que sur la qualité de la viande. Nul ne paraissait pressé de voir arriver les peaux, non plus que la cargaison de sel, car cela signifierait son départ. Il n'y avait que Tania, qui semblait toujours se défier de lui et l'évitait quand elle le pouvait. Ça le chagrinait, et en plus ça l'ennuyait. Se doutait-elle de quelque chose ? Il faudrait redoubler de prudence.

La neige était tombée toute la nuit, et les serviteurs la dégageaient à grands coups de pelle devant les maisons. Alexis croisa une vieille femme en haillons qui se dirigeait vers la porte des cuisines. Ce n'était pas la première qu'il voyait arriver. Tous les jours, c'était un défilé de mendiants, qu'on nourrissait du mieux possible au rez-de-chaussée de la maison. À en croire Eudoxia, c'était l'habitude. Piotr avait exigé qu'on accueille tous les affamés. Mais aujourd'hui, l'argent se faisait plus rare, et Eudoxia se tourmentait un peu, sans jamais oser en renvoyer aucun ni rogner sur la qualité de la nourriture.

Au bout de la rue, des cris. Une bagarre, semblait-il. Alexis allongea le pas. C'étaient des enfants, une dizaine, qui se tapaient dessus à coups de poing et de pied. Plusieurs avaient déjà du sang sur la figure, mais nul ne semblait s'en soucier. Au contraire, les spectateurs étaient hilares.

– Il faut les séparer ! s'exclama Alexis.

Son voisin leva la tête avec surprise pour le dévisager, puis ricana :

– Les séparer ? Ben dis donc, t'es pas d'ici, toi ! C'est le jeu, ils sont payés pour ça ! Ils se battent, et les vainqueurs emportent le prix.

Alexis resta un moment à observer les pieds nus qui pataugeaient dans la neige boueuse. Pouvait-il se permettre de juger ?

– Ça leur rapporte, précisa l'homme comme pour se mettre en règle avec sa conscience. C'est tous des orphelins, et ils gagnent leur vie comme ça, c'est pas si mal !

Alexis ne répondit pas. Il eut un dernier regard pour les nez qui saignaient et les oreilles écorchées. Ne s'était-il pas lui-même battu maintes fois, quand il était gosse ? Oui, mais jamais sur commande, toujours sous le coup de la colère... Il tourna les talons et descendit à pas lents vers la rivière.

Il s'arrêta en arrivant sur la petite place et respira profondément. Allons... Tout marchait bien jusqu'à présent. Il ne devait pas faiblir. Il s'était rendu utile, il devait se rendre indispensable.

« Épouse-la. » Timofeï savait-il vraiment ce que signifiaient ces mots dans une famille de riches commerçants ? Lui, Alexis Ivanovitch Mikhaïlov, n'avait aucune fortune...

Exact, mais s'il arrivait à redresser les affaires de la famille Chorski, il n'était pas impossible qu'il obtienne la main de la fille. Restait à savoir laquelle il allait demander. Et cela, il n'en avait pour l'instant pas la moindre idée.

Cette place était bien la plus étrange de la ville : c'était celle des coiffeurs. Elle était tapissée d'une épaisseur incroyable de cheveux de toutes teintes, qui s'entremêlaient étroitement jusqu'à constituer un vrai matelas, souple et moelleux sous le pied. Un peu de l'âme de la ville. Alexis s'y engagea. Il songeait qu'il ne pouvait plus se permettre de question à Eudoxia ni à Tania sans éveiller les soupçons.

La rivière coulait encore, mais son flot semblait lourd, elle ne tarderait pas à geler. Aussi les bateaux à quai déchargeaient en toute hâte.

Alexis repéra les commerçants lituaniens. Ils venaient de Moscou avec des marchandises qu'ils n'avaient pas réussi à vendre là-bas.

— J'ai de la soie et de l'or ! lui cria l'un d'eux.

Alexis ralentit, d'un air assez distrait pour ne pas paraître trop intéressé.

— Si tu veux faire une affaire, l'ami, c'est le moment, insista l'autre. Je repars pour Moscou au plus vite, si cette maudite glace m'en laisse le temps.

— Tu échangerais contre du blé ? demanda Alexis.

— Blé, ça m'irait, mais il faudrait conclure le marché rapidement, en tout cas avant ce soir. Je ne veux pas risquer de rester bloqué ici, et la nuit promet d'être froide.

— C'est entendu, dit Alexis.

Du blé, les greniers des Chorski en débordaient (à ce qu'il semblait, c'était la seule marchandise qui ait la confiance absolue de Grégoire), cependant Alexis ne se serait pas permis de prendre une décision sans l'accord de l'intendant.

— Je reviendrai dans l'après-midi, déclara-t-il.

Il allait s'éloigner quand l'homme le retint par le bras en chuchotant :

– J'ai aussi quelques lingots d'argent...

Le regard d'Alexis fut soudainement attiré par une mince silhouette, là-bas.

– Je verrai, dit-il.

Il dégagea son bras presque impoliment et s'éloigna à grands pas. Il ne pouvait pas rater cette occasion !

Comme il en avait eu l'impression, il s'agissait bien de Flena, la petite servante des Chorski. Cela faisait un bon moment qu'il cherchait à lui adresser la parole sans témoins.

– Tiens, Flena ! Que fais-tu par ici ?

La jeune fille rougit.

– Je vais au marché, Alexis Ivanovitch. C'est mon travail.

– Ah ! Bien sûr. Est-ce un travail difficile ?

– Pas trop. Quoique l'hiver, même avec des moufles, porter le panier vous gèle les doigts. Heureusement, j'achète peu de chose, la nourriture est livrée directement aux cuisines.

– Qu'achètes-tu, alors ?

– Par exemple des herbes pour se tenir en bonne santé, des graines pour la demoiselle Sophia...

– Sophia ? Quel genre de graines ?

Flena tourna la tête et ne répondit pas. Alexis jugea prudent de changer de sujet.

– Cela fait longtemps que tu travailles chez les Chorski ?

– Trois ans.

– Tu as donc connu le maître ?
– Ah non, il était déjà mort.
– C'est vrai. Drôle de mort…

Alexis avait pris un air rêveur, cependant Flena ne fit aucun commentaire.

– Tes maîtresses ont dû avoir beaucoup de chagrin.
– Sans doute, mais je n'étais pas là.
– Elles vont bien ?
– Pourquoi non ?

Décidément, la servante n'était pas très loquace.

– Piotr Chorski était tout de même un homme assez extraordinaire, reprit Alexis.
– C'est ce qu'on dit.
– Tu ne l'as jamais vu ?
– Oh si, bien sûr ! Quand j'étais petite, je le voyais souvent passer. Quand il revenait de voyage, les chevaux tiraient plusieurs traîneaux l'un derrière l'autre, et je me demandais toujours ce qu'ils pouvaient contenir. Ça me faisait rêver.
– Tu sais qu'il a même des peaux d'ours blanc !
– Il allait jusque dans le Nord, très loin, là où il fait très froid et où la glace ne fond jamais. Il rapportait des peaux et aussi des dents de grosses bêtes… de morses. Il paraît que les Turcs les achètent pour faire des manches de poignard.
– C'est vrai ? Un homme courageux, ce Chorski. Il a vécu bien des aventures. Il m'a raconté qu'une fois la glace avait cassé sous son traîneau et qu'il avait bien failli se noyer.

Si cet incident était inventé de toutes pièces, il restait néanmoins parfaitement vraisemblable. Alexis ajouta :

– Heureusement, aucune de ses filles ne l'accompagnait ce jour-là.

– Heureusement, répéta Flena. Mais bien d'autres fois, par exemple quand il a dû traverser un fleuve en crue... Savez-vous comment il a fait ? Il a rassemblé des arbustes et les a attachés à la queue de son cheval. Sa fille et lui, ils sont montés sur les branches, et le cheval est passé à la nage en les tirant derrière lui. Incroyable, hein ?

– Sa fille a dû avoir sacrément peur. C'était Sophia, il me semble...

– Non, c'était l'aînée, Anastasia.

– C'est vrai, c'est toi qui as raison, Sophia était d'un autre voyage.

– Ah ! Vous croyez ? Je ne l'ai jamais entendue raconter quoi que ce soit.

– Comme je ne connais pas ces jeunes filles, je les confonds sans doute. Il me semble que Piotr m'avait parlé de la blondeur de ses cheveux se détachant sur la noirceur des flots.

– Alors, ce n'est pas Sophia : Sophia est justement la seule brune.

– Je crois que je mélange tout, dit Alexis en riant.

Puis, faisant un geste dans la direction de la maison Chorski, il finit :

—Il faut que je m'en aille. Je dois voir rapidement Grégoire, je suis en train de conclure un marché important.

Et il prit un air malicieux. Flena y répondit par un sourire enjôleur.

CHAPITRE 7

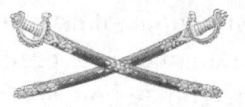

Un homme se présenta au portail du mur d'enceinte. Seuls, les yeux du térem l'aperçurent un court instant, juste comme il le franchissait. Il détailla longuement la façade, puis monta l'escalier d'un pas lourd.

Quelques instants plus tard, Flena frappait à la porte d'Alexis.

– Quelqu'un vous demande à l'entrée principale, Alexis Ivanovitch.

La jeune servante paraissait tout énervée.

– Quel genre de personne ? demanda Alexis.

– Off…, souffla Flena d'un ton réticent.

– C'est un cosaque ?

– Oui, ça m'en a tout l'air, mais il n'est pas… comme vous.

– Qu'a-t-il donc ?

– Il me fait peur. On n'arrive même pas à distinguer ses cheveux de sa barbe. On ne voit que ses yeux, et ils ont l'air méchants.

– Allons, Flena, il a fait un long voyage et n'a pas dû avoir l'occasion de se laver, c'est tout.

Flena eut une petite grimace dégoûtée.

– Il a ôté son bonnet ; il est à moitié chauve sur le dessus et il n'a qu'une seule oreille.

– Il porte une grande boucle à cette oreille ?

– C'est ça.

– Il a perdu cette oreille dans une bataille, il y a bien longtemps. Il ne faut pas avoir peur de lui, Flena.

Quand même, qu'est-ce qui avait pris à Timofeï de lui déléguer Yakov ? N'avait-il donc aucune idée de l'ambiance de la ville, d'une maison bourgeoise ? Yakov y ferait l'effet d'une verrue sur le nez d'une jolie femme !

Il ne demanda pas qu'on fasse entrer le cosaque, il préféra sortir à sa rencontre pour le conduire directement aux cuisines. Le mieux serait de se débarrasser de lui au plus vite. Il ne tenait pas à l'avoir dans les jambes et n'avait aucune envie de lui voir prendre la moindre initiative.

– La maison est belle, hein ! grimaça Yakov entre deux bouchées d'oie au chou. Tu ne dois pas t'embêter.

Alexis regarda autour de lui avec un peu d'inquiétude. Il redoutait les oreilles et la langue des cuisinières.

– La gouvernante de ces lieux, dit-il posément, a bien voulu m'accueillir jusqu'à ce que nous ayons réglé nos problèmes commerciaux. Si tu as fini de manger, sortons. Je vais te montrer où tu dois entreposer les peaux.

Yakov but une grande rasade de vodka avant de se résoudre à le suivre. Ils traversèrent la buanderie, les écuries, et s'arrêtèrent à l'entrée des jardins. Dans le potager, quelques choux pointaient encore leur tête, luttant contre la neige, mais, dans le jardin d'agrément, tout était désert. Seule pendait à une branche une balancelle oubliée.

– Qu'est-ce que c'est que ça ? s'étonna Yakov.

– J'ai cru comprendre que les demoiselles s'y assoient aux beaux jours pour s'y balancer.

– Se balancer ? Quelle drôle d'idée ! Les filles sont folles, ici !... Alors, comment vont tes affaires ?

Au lieu de répondre, Alexis s'informa :

– Que m'as-tu apporté ?

– Lynx, renard, écureuil, et trois cents zibelines, cadeau de Ermak en personne.

– Ermak ? Un cadeau ?

– Pour une affaire compliquée. La troupe plie bagage. Nous la rejoindrons sur la route de Perm, je t'expliquerai.

– Où sont les peaux ?

– Je les ai laissées à l'entrée de la ville. Le traîneau est lourd, et je ne voulais pas l'engager dans les petites rues.

– Tu pourras le faire entrer par-derrière, il y a un accès direct sur la campagne.

– C'est bien, dit Yakov. Je vais chercher les hommes.

– LES hommes ?

– Ben… Tu crois que je pouvais faire le voyage seul ?

– Non, bien sûr, reconnut Alexis, ennuyé.

– J'y vais.

– Attends, Yakov. J'ai peur que tu ne comprennes pas bien la situation. Il faut se montrer très prudent. Je me suis acquis ici une bonne réputation… On ne vit pas dans ce genre de maison comme dans un campement de guerre !

– Qu'est-ce que tu veux dire ?

– J'ai eu du mal à obtenir la confiance des gens d'ici. Tu as déjà effrayé la servante. Une bande hirsute…

Yakov se gratta la barbe en observant Alexis avec attention.

– Tu aurais honte de nous, fils d'Ivan ?

– Mais non, voyons ! Seulement vous arrivez après des jours de voyage, forcément sales et affamés, et ce n'est pas le moment de… Attends, il vaut mieux que je t'explique. La fille… Eh bien, il y a TROIS filles.

– Aïe ! grogna Yakov en se grattant la barbe de plus belle.

– Enfermées au deuxième étage de la maison.

– Aïe aïe !

– Alors, à force de patience, j'ai réussi à savoir que deux seulement sont blondes, et qu'une des deux a voyagé. Laisse-moi le temps. Je vais la demander en mariage.

– Ermak dit que tu ferais mieux de la tuer.

– Ermak dit ce qu'il veut, c'est moi qui suis ici et qui décide.

Alexis reprit son calme et fit remarquer :

– Pour la tuer, il faudrait d'abord l'approcher. Et, ensuite, comment me procurer le titre de propriété ?

– On fait une descente avec les amis. On fouille partout, on torture un peu...

– Tu es fou, Yakov, complètement fou ! Il y a au moins une dizaine de serviteurs, et tous les voisins. Nous aurions la police sur le dos avant même d'avoir quitté la maison. Et puis, question de récupérer le document sans ameuter les hommes du tsar, ce serait réussi !

– Bon, alors épouse. Mais comment vas-tu être sûr que la fille possède bien la lettre du tsar ?

– Je ne sais pas encore, je vais voir. Dans la discussion pour la dot, j'arriverai bien à... Emporte à manger et à boire pour tes compagnons, et ramène le traîneau de fourrures ici. Je me charge du reste.

Le traîneau de fourrures s'arrêta dans la cour de derrière, immédiatement suivi par une charrette toute fermée de feutre, conduite par un homme qu'Alexis ne connaissait pas.

– Nous avons capturé ça, expliqua Yakov en désignant la charrette.

– Qu'est-ce que c'est ?

– Un chargement de faucons, figure-toi. Nous n'avons pas tué le conducteur parce qu'il paraît que seul un spécialiste peut conduire ces engins. Il ne faut pas d'à-coup, il ne faut pas fouetter les chevaux, enfin, c'est toute une histoire. Paraît que les faucons, c'est fragile.

– Mais que vas-tu en faire ?

– Les vendre ! Ils sont très demandés pour la chasse aux lièvres.

– Tu es fou ? Le produit d'un vol, ici ! Tu ne comprends donc rien ?

– Oh ! Ça suffit, Alexis ! Ça fait deux fois que tu me traites de fou. Je te trouve bien de la morgue.

– Excuse-moi, Yakov, mais je suis responsable de cette affaire, c'est pourquoi je te dis : ta mission est accomplie, maintenant il faut que tu t'en ailles. Avec tes hommes et ton chargement de faucons.

– Oh que non ! Va pour les hommes et les faucons mais, quant à moi, je reste. Je te vois un peu mou et délicat. Il faut mener cette affaire rondement et décamper... Qu'est-ce que c'est que cette vieille ?

Alexis se retourna. Eudoxia s'approchait avec précaution dans la neige.

– Tais-toi, maugréa-t-il entre ses dents.

La gouvernante resta à quelques pas, jetant des regards furtifs au nouveau venu.

– On m'a informée, Alexis Ivanovitch, que les peaux étaient arrivées. Voulez-vous que nous les fassions décharger ?

– Certainement. Grégoire m'a dit qu'il allait s'en occuper. Voici Yakov, l'homme qui les a convoyées. Il s'en retourne maintenant.

Yakov foudroya Alexis du regard, puis se récria avec un sourire qui se voulait aimable :

– Vous plaisantez, mon maître, vous ne pouvez rester plus longtemps ici sans serviteur. Et comment feriez-vous pour le sel ? Je me refuse à vous laisser seul sur les routes dangereuses de ce pays.

– Il a raison, intervint Eudoxia. Je ne veux pas que vous risquiez votre vie. Puisque cet homme est votre serviteur, il est normal qu'il souhaite vous servir. Mais qu'il se lave, par pitié ! Il sent...

– Je ne voudrais pas abuser de votre hospitalité, protesta Alexis.

– Je vous en prie, un homme de plus dans la maison, cela ne peut pas nuire.

Alexis ragea intérieurement que la vieille gouvernante n'ait pas meilleure vue. L'allure de l'homme l'aurait sûrement dissuadée.

– Comment s'appelle-t-il ?
– Yakov.
– Eh bien, Yakov, prends les plus belles peaux et porte-les dans le poêle[1]. Boris Petrovitch veut les voir.

Serrant le paquet de peaux de zibeline contre sa poitrine, Yakov monta l'escalier, ses lourdes bottes de cuir semant des paquets de neige à chaque pas. Dans le vestibule d'entrée, Alexis lui fit signe de déposer son fardeau dans un coin et lui souffla :

---

1. Pièce contenant le poêle.

– Va t'incliner devant les icônes.

Yakov posa les peaux et s'avança vers le coin rouge aux lumières vacillantes.

On ne sut ce qui se passa – peut-être un faux mouvement de ses mains engourdies par le froid –, en tout cas une icône tomba et le bois se brisa en deux.

– Mon Dieu, murmura Eudoxia en se signant nerveusement. Le malheur sur la maison !

Ses lèvres s'agitèrent dans une prière ardente, elle fixa l'icône sans oser la toucher. Voyant que Yakov allait la ramasser, elle s'interposa vivement :

– Non, que personne ne s'approche. Il faut aller chercher un homme de Dieu.

Et elle quitta précipitamment la pièce.

Un long moment passa. Alexis et Yakov demeuraient immobiles dans le vestibule, l'un ulcéré, l'autre embarrassé. Dans le doute sur l'attitude à tenir, ils faisaient semblant de prier.

Enfin, Eudoxia revint, accompagnée d'un homme étrange, d'une maigreur effrayante. Son corps, meurtri de partout, était à peine couvert de quelques haillons. Il marchait pieds nus. Ses cheveux gris et embroussaillés lui tombaient jusqu'à la ceinture, et il portait, autour du cou, une grosse chaîne de fer.

Il contempla le désastre un court instant, tomba à genoux et frappa le sol de son front en murmurant des prières inintelligibles. Les autres, silencieux, n'osaient plus faire un geste. À chaque coup de tête, le plancher résonnait, et chaque coup était plus fort que le précédent. Enfin l'homme se releva et passa sa main décharnée sur le durillon qu'il portait au front, témoin de ses prières et marque de sa sainteté.

– Trois icônes cassées dans cette ville maudite en moins d'une semaine ! fulmina-t-il. Trois ! Dieu est en colère. Le monde s'en va en miettes, ce pays se dissout dans le péché. Honte sur vous tous, du plus petit au plus grand. On pille. On tue. Honte ! Honte ! On ne sait plus prier, on se rase la barbe sans égard pour le Dieu qui nous l'a donnée, on se ravale au rang du chien et du chat. Maudit ! Maudit soit le mal qui s'est glissé parmi nous !

Il ramassa l'icône et, la serrant contre lui, sortit.

Un moment, tous restèrent là, sans un mouvement, impressionnés plus par la voix que par les mots, comme si Dieu lui-même avait tonné dans le vestibule.

CHAPITRE 8

Cet incident avait laissé une impression détestable. Alexis jugea donc prudent d'affecter Yakov au débitage du bois, ce qui le maintiendrait hors de la maison. Il ne se sentait cependant pas rassuré. Tout était à craindre de la présence de Yakov. Pourtant, les choses allaient si bien avant son arrivée !

Il se dirigea vers la grande salle. Boris Petrovitch devait l'attendre avec impatience. C'est que le vieux maître ne pouvait plus se passer de lui. Sans doute parce qu'Alexis savait écouter sa voix chevrotante s'émouvoir aux histoires de sa jeunesse : l'incendie de Moscou, la guerre contre les Tatars, puis la guerre avec les Tatars contre les Lituaniens, la mort du grand prince Ivan III... Mais aussi parce qu'il prenait grand soin de venir lui raconter tout ce qui se passait sur le domaine. Or Boris adorait qu'on l'informe des transactions. Il donnait son avis, ne ménageait pas ses conseils – dont bien sûr personne ne tenait compte puisqu'il n'avait plus aucune idée des prix ni de ce qui pouvait se vendre ou s'acheter.

Au début, Alexis avait juste trouvé judicieux de s'assurer son amitié. Maintenant, il éprouvait de l'affection pour le vieux maître, qui lui rappelait tant son propre grand-père. Boris Petrovitch était encore plus vieux – dans les quatre-vingt-dix ans – et il perdait la notion du temps. Il prenait souvent ses arrière-petites-filles pour ses filles et ne se rappelait plus bien son petit-fils Piotr, dont il parlait toujours en l'appelant « mon neveu ».

– Votre nuit fut-elle bonne, Boris Petrovitch ? lança Alexis en entrant.

– Oh ! À mon âge, on ne dort plus.

La phrase était rituelle.

– Le sel n'est pas arrivé, reprit Alexis. C'est pourquoi je suis encore là, comme vous le voyez.

– Je m'ennuierai bien quand tu partiras, grogna le vieil homme.

– Moi aussi, je serai triste. Je me plais bien ici.

– Alors, pourquoi ne restes-tu pas ?

– À quel titre, Boris Petrovitch ?

– Comme intendant... Non, ce n'est pas possible. Tu n'es pas un serviteur, tu es un maître. Oh ! Que tout cela est ennuyeux !

– Le maître, c'est vous, Boris Petrovitch.

– Oh moi... j'attends tout juste la mort. Non, cette maison n'a pas de maître. Je ne parle pas d'Eudoxia, évidemment. Elle fait ce qu'elle peut, mais ce n'est qu'une femme, n'est-ce pas ? Heureusement, je la conseille un peu. Non, cette maison n'a pas de maître. (Il hocha la tête.) Eh ! Pourquoi ne serais-tu pas le maître ?

Alexis se mit à rire.

– Et de quel droit, Boris Petrovitch ? Je ne suis pas le fils, ni l'époux de la fille !

– Eh bien, épouse-la. Épouse ma fille, je te la donne.

– Voyons, Boris Petrovitch...

Mais le vieil homme n'écoutait pas. Il cria :

– Eudoxia ! Eudoxia !

La gouvernante parut, pas autrement émue de ses hurlements.

– Que vous faut-il, Boris Petrovitch ?

– Je marie ma fille avec Alexis.

La gouvernante resta un court instant muette de surprise puis, reprenant ses esprits, elle rectifia :

– Vous voulez dire votre arrière-petite-fille. Laquelle ?

– Celle qu'il voudra.

Alexis fit signe à la gouvernante de ne pas s'inquiéter, que les paroles du vieux maître ne constituaient en aucune façon une promesse. Il commenta tout de même :

– Il ne m'est, hélas, guère possible de prétendre à une pareille alliance, la fortune de ces demoiselles n'étant aucunement en rapport avec la mienne.

Ce disant, il avait mis le doigt sur la blessure d'Eudoxia, il ne l'ignorait pas. La gouvernante s'assit lourdement sur le banc et, prenant un air grave, elle répondit :

– Mes pauvres demoiselles ne possèdent plus guère que leur trésor blanc[1]. Un homme comme vous, Alexis Ivanovitch, est une bénédiction pour une maison. Si notre regretté maître avait vécu, tout aurait été différent...

Elle réfléchit un moment et demanda d'un ton où perçait le regret :

– Mais vous ne souhaitez pas rester, n'est-ce pas ?

Pour la première fois, Alexis saisit dans toute sa complexité les implications d'un mariage. D'ordinaire, l'époux emmenait sa femme avec lui. Seulement, dans le cas présent, on ne lui accorderait la fille que s'il restait. C'était même le seul intérêt qu'on voyait à la lui donner.

– Tout cela est si soudain, répondit-il, réellement embarrassé.

– Bien sûr. Personne n'avait envisagé une telle possibilité, cependant... Le souhaitez-vous ?

– Peut-être serait-ce envisageable. Vous savez comme je me plais dans cette maison.

– Ce serait si bon de vous garder... Réfléchissez, je ne veux pas vous forcer. Vous me donnerez votre réponse quand vous le souhaiterez.

Alexis respira mieux. Il lui faudrait mentir et prétendre vouloir rester alors qu'il n'en ferait rien, mais que ce faux engagement soit remis à plus tard

---

1. Dot constituée par le linge.

le soulageait. Les choses se précisant, il songea qu'il lui serait peut-être possible de laisser sa femme ici et de se contenter de revenir de temps en temps.

– Je ne peux vous demander, reprit Eudoxia, laquelle vous souhaiteriez épouser. N'en ayant vu aucune, vous n'en avez sans doute pas la moindre idée, et c'est mieux ainsi.

– Vous avez raison. Aussi, je me rangerai à votre avis. Pour le bien de cette maison, il serait probablement souhaitable de choisir l'aînée.

Comme il le supposait, Eudoxia approuva avec bonheur et soulagement. Restait qu'épouser la fille qui avait eu le document en main était une chose, s'assurer qu'elle le possédait encore et qu'on le lui donnerait en dot en était une autre. Toutefois, évoquer sur-le-champ ce problème serait maladroit.

– Je voulais vous parler d'autre chose, poursuivit Eudoxia. Et cela m'est d'autant plus facile maintenant. J'ai appris que des fourrures venant de Sibérie allaient arriver d'un instant à l'autre, en grande quantité. C'est mauvais pour nous, je le crains, car les cours risquent de s'effondrer.

– Ah!... (Alexis fronça les sourcils.) Tout le monde est-il au courant?

– Non, non. Je l'ai appris par un de mes cousins, qui est courrier et qui passait par la ville ce matin. Je ne pense pas que d'autres le sachent.

– Alors, ne vous inquiétez de rien, Eudoxia. Je vais m'en occuper immédiatement, et j'en tirerai deux fois le bénéfice.

– Comment ?

Alexis prit un air mystérieux.

– Secret, secret...

•

Yakov fendit la bûche en deux d'un grand coup de hache. Le froid était vif, et les carcasses des bêtes de boucherie, dans la cour des étuves, avaient pris une rigidité de pierre. Elles ne décongèleraient plus de tout l'hiver. Du hangar où il se tenait, Yakov voyait beaucoup de choses. En deux jours, il était sûr d'en avoir appris plus qu'Alexis en quinze. Alexis ne savait pas aller vite en besogne. Il se montrait hésitant, avec des crises de conscience ridicules et néfastes. Yakov, lui, connaissait déjà par leur nom tous les serviteurs, savait mille détails de la vie de la maison et de celle des jeunes filles de là-haut.

Ainsi, il avait appris que Sophia ne s'était jamais consolée de la mort de son père et qu'elle mangeait très peu ; que Maria était une coquette sans cervelle ; qu'Anastasia était un peu étrange, qu'elle aimait s'occuper du jardin et s'y rendait souvent seule, même en plein hiver, quand tout n'était que squelettes noirs et tapis blanc.

De là où il se trouvait, Yakov avait une vue d'ensemble du jardin, et il passait tout son temps à le surveiller, débitant sans doute beaucoup plus de bois qu'il n'en fallait.

Un bruit de pas. Il écouta... Non, cela venait de l'autre côté du hangar. Ce n'était que le boulanger.

Le boulanger était jeune et un peu exalté, et Yakov n'aimait pas son bavardage. Voilà qu'il s'avançait vers lui, tenant à la main un curieux objet.

— Yakov, dit-il, je te prends à témoin, ceci est le dernier pain que je cuis. Je l'ai fait en forme de joug, car je vis sous le joug. Maintenant, c'est fini, je m'en vais vivre libre en pays cosaque.

— Que crois-tu donc que soit la liberté ? grogna Yakov.

— Je vais avec toi. Je vais avec Ermak conquérir la Sibérie.

— Et tu crois que là, tu n'obéiras à personne ?

— Ce n'est pas pareil.

— Pas pareil, maugréa Yakov en lançant un grand coup de hache. Pas pareil, en effet. Avec Ermak, si tu n'obéis pas, on ne se contentera pas de te faire une remontrance, ni même de te fouetter, on te coupera le nez, ou bien on t'attachera un sac de pierres à la poitrine et on te jettera à la rivière. Emporte donc ce pain et fais-en des tranches.

Le jeune boulanger recula, un peu stupéfait, puis sortit d'un pas plein de colère. Yakov ricana en le regardant s'éloigner. Il allait se remettre au travail quand... Une tache rouge dans le jardin. Une robe rouge… Il posa silencieusement sa hache et se coula le long du mur du hangar.

Elle était là. Elle ne le voyait pas. Il avança silencieusement sur la neige, en lançant des regards furtifs à gauche et à droite. Personne.

Il se dressa si brusquement devant elle que la jeune fille poussa un petit cri de surprise avant de rabattre rapidement son voile sur son visage.

– Je vous ai effrayée… Il ne faut pas, je m'appelle Yakov. Je suis le serviteur d'Alexis Ivanovitch.

•

Alexis passa sa matinée dans le quartier des marchands, à négocier fermement ses fourrures. Vers midi, il avait tout vendu à bon prix. Des trois cents zibelines, il avait retiré dix roubles d'argent, et le lot de renard s'était arraché entre douze et quinze pièces d'or. C'était le bon moment, pour le renard : à l'entrée de l'hiver, les marchands de toques en avaient un urgent besoin. L'écureuil et le castor s'étaient bien vendus aussi – moins bien le vulgaire lynx –, mais le tout lui avait rapporté plus de cinquante roubles. Il les serra dans sa bourse, sous sa chemise par crainte des voleurs, et attendit du côté des quais. C'est là que les bruits parvenaient le plus vite.

Enfin il entendit que des fourrures arrivaient de Sibérie. Il n'eut d'abord aucune réaction et continua de se promener de long en large. Puis il recommença à tendre l'oreille. Comme il l'avait soupçonné, à mesure que le temps passait, les prix s'effondraient. Vers la fin de l'après-midi, l'écureuil qu'il avait vendu deux dengas[1] n'en valait plus qu'un, le renard ne trouvait plus preneur, de belles zibelines épaisses se bradaient.

Quand les cours furent au plus bas, Alexis racheta de tout : zibeline, marte, loup, castor, écureuil. Il avait à peu près reconstitué le stock qu'il avait vendu en ne dépensant en tout que vingt roubles. Trente lui restaient. Il les remettrait à Eudoxia et lui suggérerait de conserver les peaux pour une autre occasion.

Il ne regagna le domaine des Chorski que vers le soir. À peine arrivé dans la cour, il eut une impression étrange, une impression de désert, comme si toute vie avait quitté les lieux. Il entra par le couloir des serviteurs et monta l'escalier intérieur. La maison semblait retenir son souffle.

Intrigué, il pénétra dans la grande salle pour demander des informations à Boris Petrovitch. À sa grande stupéfaction, il s'aperçut que le vieillard ne se trouvait plus sur le poêle. Des sanglots et des lamentations provenaient de l'autre côté du vestibule. En un éclair, il pensa que le vieux maître était mort, et en eut de la peine.

---

1. Petite monnaie. 200 dengas = 1 rouble.

Il hésita sur la conduite à tenir. Devait-il pénétrer dans la pièce ? Demeurer dans le vestibule ? Il restait là, perplexe, quand la porte s'ouvrit sur Eudoxia. En larmes.

Quand elle l'aperçut, elle se mit à pleurer encore plus fort, gémissant et se tordant les mains de désespoir.

– Oh ! hoqueta-t-elle enfin. Oh ! Alexis Ivanovitch...

– Le pauvre vieux maître est mort ? souffla Alexis.

Eudoxia secouait la tête sans rien entendre. Alexis lui prit les mains.

– Il est arrivé malheur à Boris Petrovitch ?

– À Boris... Petrovitch, bégaya Eudoxia.

Puis, comprenant enfin ce que lui disait Alexis, elle ouvrit de grands yeux perdus.

– Non... non, c'est... C'est notre Anastasia.

Alexis resta suffoqué.

– Notre petite Anastasia est morte, Alexis Ivanovitch. Quel malheur !

– Eudoxia, ce n'est pas vrai ! Ne me dites pas...

– Oh ! Pauvre enfant...

Alexis ne sut si elle parlait d'Anastasia ou de lui. Elle semblait le plaindre en même temps qu'elle pleurait la jeune fille.

– Comment est-ce arrivé ? demanda-t-il.

– Dans le jardin. Elle est tombée et sa tête a cogné contre une pierre. Oh ! Quel malheur !

CHAPITRE 9

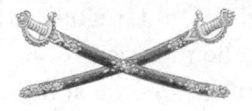

—Je sais, grogna Yakov à voix basse, mais je ne l'ai pas fait exprès.

Il considéra d'un air maussade Alexis qui arpentait rageusement la chambre et ajouta :

—Calme-toi, ce n'était pas elle.

—Pas elle quoi ? s'emporta Alexis en se retenant pour ne pas jeter Yakov dehors.

—Pas elle qui voyageait avec son père.

—Qu'est-ce que tu dis ?

—Je l'ai questionnée. Pas sans mal, crois-moi. J'ai dû lui faire sentir le bout de mon poignard.

—… De ton poignard ! Insensé !

—Hé, doucement, hein ! Je t'ai tiré d'un mauvais pas. Tu n'allais pas épouser la bonne. Anastasia n'était allée qu'à Moscou avec son père, jamais dans le Sud. (Il haussa les épaules.) Mais, la tuer, je ne l'ai pas fait exprès. Elle allait m'échapper, alors, j'ai dû avoir un mouvement comme ça, je lui ai lâché mon poing dans le ventre, et puis un petit coup au menton, et elle est tombée. S'il y avait une pierre justement là, ce n'est pas ma faute ! Tu n'as pas à te tracasser, personne n'a rien vu. J'ai fait semblant de la trouver quand j'ai vu Grégoire arriver. Pour expliquer la présence de mes pas.

– Ahurissant ! Et, même si tu ne l'avais pas tuée, que se serait-il passé ? Elle aurait raconté son aventure, tu aurais eu le knout[1] et on t'aurait mis à la porte. Et moi aussi.

Yakov eut une grimace.

– Ben, tu vois bien qu'il aurait fallu que je la tue de toute façon. Le hasard s'en est chargé, c'est plutôt mieux, non ? En tout cas, je t'ai évité une belle gaffe.

– Fiche le camp. Quitte cette maison !

– Il n'en est pas question. Je suis ici sur l'ordre de Timofeï, et je n'en bougerai pas.

– Alexis, c'est toi ?
– Oui, Boris Petrovitch.
– Pourquoi est-elle partie ? Pourquoi elle et pas moi ? Moi, je suis vieux, ça ne m'aurait pas fait de chagrin, de quitter ce monde. J'étais prêt.

– Nul ne choisit, Boris Petrovitch.

– Chienne de vie, grommela le vieillard. Déjà mon neveu Piotr, qui est parti bien trop tôt, et maintenant ma fille jolie...

– C'était votre arrière-petite-fille, observa machinalement Alexis.

---

1. Fouet en nerfs de bœuf, terminé par trois langues de cuir tranchantes.

– Tu crois ? s'étonna le vieil homme.

Puis il se rencogna sur son poêle et ne dit plus rien.

•

Alexis était fatigué, démoralisé. Il avait envie de partir, d'arrêter tout. Il devait reconnaître que le geste de Yakov lui avait rendu service et, en même temps, cette pensée l'accablait.

La maison semblait étouffer sous le silence. Les serviteurs évitaient de parler dans les couloirs, on ne voyait plus Tania. Depuis la mort d'Anastasia, elle passait presque tout son temps au térem, avec les deux sœurs et, si par hasard Alexis la croisait, c'est à peine si elle lui prêtait attention. On avait conduit Anastasia au cimetière, et la marche du monde en était affectée. On l'avait enterrée dans le linge blanc qui devait constituer sa dot ; cela, personne ne pouvait l'oublier.

– Ah, vous êtes là, Alexis Ivanovitch, soupira Eudoxia en entrant. Nous vivons un mauvais moment, oui, un bien mauvais moment.

Elle remâchait depuis trois jours l'incident de l'icône, qui *était un signe*, mais résista à l'envie d'en parler à son hôte. Il ne fallait pas qu'Alexis ou son serviteur puisse se sentir responsable de ce malheur.

– Oh ! Si ma maîtresse vivait encore ! Elle qui m'a confié ses filles !

Alexis ne trouva rien à répondre.

– Je crois que parfois, continua la gouvernante en étouffant un sanglot, je deviens folle. Il me semble... Oh! non, je ne peux pas dire une chose pareille...

– Que vous semble-t-il ? interrogea Alexis avec un peu d'inquiétude.

– Ce que je vais dire va vous paraître insensé : il me semble parfois que c'est le ciel qui l'a voulu. Les filles de Piotr Chorski ne doivent pas se marier.

– Que dites-vous là, Eudoxia ?

– Si on élève les filles à l'abri du térem, c'est que Dieu l'a voulu. Voyez ce qui arrive maintenant...

Alexis ne saisissait pas le lien que voyait Eudoxia entre la loi de Dieu et la mort d'Anastasia.

– Vous pensez qu'elle n'aurait pas dû descendre au jardin ? demanda-t-il.

– Oui et non. C'est plus grave. Mes jeunes filles ne se plaisent pas au térem et... J'ai honte de le penser – Dieu me pardonne pour cette médisance – mais je crois que c'est la faute de leur père.

Elle regarda soudain Alexis, comme effrayée par ce qu'elle venait de proférer.

– Pourquoi croyez-vous cela ?

Comme Eudoxia ne répondait pas, il proposa :

– Vous voulez dire qu'Anastasia avait vu le monde, et que c'est pour cela qu'elle supportait mal le térem ?

– Vous le saviez, murmura Eudoxia d'un air consterné.

Elle prit une longue inspiration et se sécha les yeux.

– Emmener une jeune fille, comme ça, sur les routes. Imaginez ! Ma maîtresse en était toute retournée. Est-ce un endroit, pour une jeune fille ? Mais lui, Piotr, il disait qu'il était criminel d'enfermer quelqu'un, homme ou femme, que le monde était beau, et qu'il fallait qu'elles le sachent. Ma pauvre maîtresse pleurait. Elle disait : « Qui voudra ensuite d'une femme dévergondée ? » Mais c'était lui le maître... Ils ont tout de même fait un pacte : les petites pouvaient voyager entre dix et treize ans. À treize ans, il était convenu que ce serait le retour au térem.

– Les petites... Anastasia, voulez-vous dire.

– Ah... non... Oh ! Je ne devrais pas raconter cela.

– Pourquoi, Eudoxia ? Je suis de l'avis de Piotr, il est criminel d'enfermer un être humain. Voyez, j'étais prêt à épouser Anastasia, et pourtant je savais qu'elle avait voyagé. Qui donc Piotr a-t-il encore emmené ?

– Oh ! mon pauvre Alexis. Toutes les trois ! Il les a emmenées à tour de rôle toutes les trois !

Yakov jeta sa hache sur son épaule et se dirigea vers le lac. S'assurant d'abord de la résistance de la glace, il s'avança prudemment, puis avec plus de confiance. Quand il jugea qu'il était assez loin, il souleva sa hache et l'abattit sur la glace, qui se fendit dans un craquement sourd. Yakov se débarrassa de ses vêtements et sauta dans l'eau. Sur la rive, il voyait la petite servante, la dénommée Tania. Celle-là, elle passait son temps avec les deux sœurs... Alors elle était au courant. Qui pourrait imaginer le contraire ? Elle savait forcément qui accompagnait Piotr lors de son dernier voyage. Et si elle le savait, lui le saurait.

– Alexis ! cria-t-il en apercevant son compagnon sur la rive.

Il remarqua aussitôt que, sur la droite, la fille se dissimulait discrètement sous les branches, avec cet imbécile de cygne qui la suivait. Voulait-elle éviter qu'Alexis ne la voie ?

– Alexis, viens te baigner !

Yakov agrandit un peu le trou qu'il avait ouvert.

– Belle couche de glace, apprécia-t-il, ça me donne des regrets. Ça fait longtemps qu'on n'est pas allé sur le Yaïk[1]. Le Yaïk*, l'hiver, c'est un couvercle d'argent sur un pot en or.

– En or... bougonna Alexis.

– Exactement. Parce qu'on en retire des esturgeons... des monstres ! Longs comme six ou sept hommes et bourrés de caviar.

Alexis se déshabilla et se glissa dans l'eau.

– Yakov, il faut que je te parle. N'entreprends plus rien, je sais qui est la fille.

---

1. Ancien nom du fleuve Oural.

– Tu le sais… sûr ? Celle qui a fait le dernier voyage ? On te l'a dit ?

– Dit… Pas exactement. J'ai évoqué la question avec Eudoxia, elle n'en sait rien. À cette époque-là, elle se trouvait dans un monastère où elle s'était retirée après avoir perdu son fils. Jamais personne n'a voulu lui parler de cet événement.

– Alors, comment tu le sais ?

– Il ne reste que deux filles : une brune et une blonde. Donc la blonde.

Yakov eut une grimace dubitative.

– Pour la blondeur, on n'a que le témoignage d'un de nos hommes.

– Le moujik et sa femme me l'ont confirmé. Sortons de là, j'ai froid.

Ils se frictionnèrent énergiquement.

– Ce qui m'étonne le plus, reprit Alexis, c'est que j'ai essayé d'amener la conversation sur le sel, sur la difficulté d'exploitation des mines en général, et jamais Eudoxia n'a relevé, ni paru le moins du monde intéressée. Et le vieux Boris non plus. À mon avis, ni l'un ni l'autre n'est au courant. Celle qui a rapporté le document ne leur en a pas parlé. Espérons qu'elle ne l'a pas perdu, ou donné.

Yakov leva soudain les yeux vers Alexis.

– Diable ! s'exclama-t-il, j'ai oublié de te prévenir. Il nous est revenu une chose après ton départ. On s'est rappelé que le marchand a fait mettre l'acte de propriété au nom de sa fille. Il a dit que c'était sa dot.

– Et personne ne s'est rappelé le nom de la fille ?
– Tout le monde s'en fichait. Le marchand l'a inscrit lui-même.
– Qu'est-ce que c'est que cette embrouille ? Eudoxia ne m'a parlé que du trésor blanc.
– Elle n'a peut-être pas l'intention de te donner en mariage la fille qui possède la meilleure dot.
– Ou alors, elle ignore tout. La mine n'est pas exploitable, la fille avait peut-être consigne de ne rien divulguer et de garder le titre pour des jours meilleurs. J'aurais été à la place de Chorski, j'aurais fait pareil. Si ça se trouve, la fille n'en a parlé à personne.
– Même pas à ses sœurs ?
– À ses sœurs, peut-être. Comment le savoir ?
– Les donzelles, marmonna Yakov, difficile de les voir, surtout maintenant. Mais il y a quelqu'un qui sait.
– Qui ?
– Elle.

Yakov désignait du menton la silhouette qui s'éloignait vers la maison.

– Tania ?
– Tania. Si elle sait quelque chose, elle parlera, crois-moi.
– Que vas-tu faire ? s'exclama Alexis en se redressant, les mâchoires serrées. (Il saisit Yakov par le haut de sa chemise.) Tu ne toucheras pas à Tania, tu m'entends ? Tu ne toucheras pas un cheveu de Tania !

CHAPITRE 10

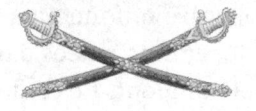

Yakov pensait qu'Alexis n'était qu'un imbécile, mais qu'il avait en partie raison : même s'ils obtenaient de Tania le renseignement, tout le monde se demanderait pourquoi ils le voulaient et se méfierait d'eux. Lui, d'ordinaire, il était pour la manière forte. Seulement, dans le cas présent, la manière forte ne serait pas forcément payante. Il avait donné deux jours à Alexis pour lui apporter des certitudes, après quoi il s'en mêlerait. Il jeta un regard suspicieux vers le térem, tout là-haut.

Maria appuya son front au croisillon de la fenêtre. Ses larmes s'étaient taries. Sa sœur aînée s'en était allée, plus rien ne servait de se lamenter, et de répéter, comme le faisait sans cesse Eudoxia : « Pourquoi est-elle morte ? N'était-elle pas heureuse avec nous ? »

Chacun partait sans le vouloir. Seuls le savaient ceux qui restaient. La mort, ce n'était pas sa sœur toute blanche dans la terre de Russie, c'était l'absence de sa sœur dans la grande pièce du térem. Dehors, la vie continuait. Les hommes passaient en bas, dans leurs vêtements longs et raides, leur bonnet de laine pressée ou de fourrure enfoncé jusqu'aux yeux. Les femmes du peuple, emmitouflées dans des manteaux élimés, allaient et venaient. Les enfants faisaient des glissades. La vie.

Eudoxia ne cessait de gémir, Sophia était malade, Anastasia n'était plus là. Le térem lui semblait tantôt un cocon, tantôt une prison.

– Elle a de la fièvre, murmura Eudoxia en posant des compresses de chou sur le front de la malade. Le choc l'a assommée, pauvre petite. Le médecin tarde bien... N'as-tu pas entendu la porte, Mariouchka ?

– Non, toujours rien.

– Ah ! Quel malheur ! Quel malheur !

Maria retourna au spectacle de la rue, mais tout lui paraissait terne.

La porte du térem s'ouvrit enfin, et Tania entra, suivie du médecin. Maria rabattit aussitôt son voile sur son visage, et Eudoxia se chargea de couvrir prestement Sophia. Elle borda avec soin les couvertures, avant de chuchoter au médecin :

– Vous pouvez approcher.

L'homme posa sur la table son bonnet de fourrure et la grande boîte qu'il tenait à la main. Sans enlever son manteau, il se pencha sur la malade. Elle était rouge, les yeux gonflés, il ne saurait pas grand-chose de plus. Il lui était interdit d'examiner la patiente autrement qu'à travers ses vêtements et son drap. Tout au plus pouvait-il s'assurer qu'elle ne souffrait pas du ventre. Il posa sa main là où il supposait que se trouvait l'estomac et appuya légèrement. La malade poussa un petit gémissement, mais elle ne semblait pas souffrir de cet endroit en particulier. Il suivit la ligne du bras sous le drap et saisit au jugé le poignet. Il ne sentait rien, évidemment. Déceler le pouls dans ces conditions était impossible, et il pesta une fois de plus de devoir exercer son métier dans d'aussi piètres conditions. Il aurait tant voulu, comme ses confrères allemands, obtenir le droit d'étudier l'anatomie, d'observer des squelettes... Si, au moins, on l'autorisait à ausculter les corps ! Tout cela l'agaçait au plus haut point. Quand la Russie se déciderait-elle à faire un pas en avant ?

– Qu'est-ce qu'elle a ? s'informa Eudoxia à voix basse.

– Eh bien...

– Sa sœur est morte il y a trois jours, précisa la gouvernante.

– Bien sûr... Elle souffre d'un grand choc. À la suite de ça, de l'eau a dû se mélanger à son sang. Je vais lui faire une saignée pour vider le trop-plein.

Il se dirigea vers la table et ouvrit la grande boîte qu'il y avait posée. Au grand effroi de la gouvernante, il en sortit un faucon. D'un geste autoritaire, il fit signe qu'on dégage le bras de la malade pour n'avoir pas à le toucher lui-même, et déposa le faucon au bord du lit.

– Vas-y, Morgor, ordonna-t-il.

Le faucon piqua dans la veine d'un solide coup de bec, et le sang se mit à couler. Sophia eut à peine un tressaillement.

– Ne bouge pas, souffla Eudoxia en surmontant son saisissement, nous allons te guérir.

Le médecin caressa la tête du faucon avant de le remettre dans sa boîte.

– Voilà, conclut-il. Pour renouveler le sang, vous lui ferez boire du vin du Rhin dans lequel vous ferez infuser des herbes que je vais vous indiquer sur cette feuille. Savez-vous lire ?

– Maria sait, répondit Eudoxia.

– Bon.

Il inscrivit quelques mots et déposa l'ordonnance sur la table.

– Je vous remercie, dit la gouvernante. Tania va vous conduire aux cuisines. Pour vous payer de vos peines, du lard vous irait-il ?

– Si vous aviez un jambon, je préférerais.

– Voyez avec Tania.

Eudoxia attendit que la porte fût refermée, puis elle soupira :

– Je n'ai pas grande confiance en ces médecins.

– C'est celui du boyard Strogov, fit remarquer Maria. Ce n'est sans doute pas n'importe qui.

– On ne m'ôtera pas de l'idée que nous ferions mieux d'aller voir... celle dont tu connais le nom. Votre mère lui faisait confiance.

Elle avala sa salive, et chuchota :
— Elle connaît bien Sophia, c'est elle qui lui a parlé des graines. Tu ne crois pas que de la corne de licorne ferait plus d'effet que ce vin du Rhin ?

Eudoxia avait posé la question à voix un peu plus haute. Elle eut un regard inquiet pour Sophia, mais la jeune fille s'était de nouveau assoupie.

— Attendons un peu, dit Maria. Je crois que c'est seulement le choc, elle va se remettre.

Elle se dirigea d'un pas plein de lassitude vers la fenêtre qui ouvrait sur la terrasse. Tout était froid et blanc. Elle continua son chemin jusqu'à l'autre fenêtre, d'où l'on voyait les pâturages immaculés, les sapins figés, le lac étincelant.

Là-bas, elle reconnut les cosaques. Ils s'étaient sans doute baignés dans l'eau glacée. Hier déjà, elle les avait vus au même endroit. Elle trouvait le jeune très beau. Elle aurait donné beaucoup pour le voir de près et, si elle devait se marier un jour, elle voudrait bien que ce soit avec quelqu'un qui lui ressemble, pas avec un vieux ventripotent. Bien sûr, plus le ventre était gros, plus l'homme était important, mais elle n'arrivait pas à trouver cela plaisant.

Elle se retourna brusquement. Eudoxia était derrière elle et suivait la direction de son regard.

— Il s'appelle Alexis Ivanovitch, dit la gouvernante d'un air de confidence. C'est un homme très bien. En quelques jours, il a beaucoup fait pour cette maison.

Elle se félicita intérieurement de n'avoir pas parlé aux jeunes filles des projets qu'elle avait eus pour Anastasia.

– C'est un cosaque, continua-t-elle à voix basse, qui est venu acheter des vivres pour son peuple. Cependant, j'ai bon espoir qu'il reste ici.

– Eudoxia...

– Oui, ma jolie ?

– Serait-ce un homme possible pour...

Maria n'osa pas finir sa phrase, mais Eudoxia n'était pas sotte, elle savait ce qui tourmentait les jeunes filles enfermées. La seule chose qui pouvait apporter le changement dans leur vie, c'était le mariage.

– Ce serait un homme possible. Toutefois, ne te monte pas la tête !

Eudoxia était contente que la conversation prenne cette tournure. Cela lui donnait l'occasion d'essayer de connaître le détail qu'Alexis lui avait remis par hasard en mémoire.

– Il choisira peut-être l'une de vous deux, ajouta-t-elle.

Maria sentit son cœur battre plus vite.

– Choisir ? dit-elle avec une petite moue. Comment pourrait-il choisir ? Il ne nous verra pas.

– Il y a d'autres moyens.

– D'autres moyens ! maugréa Maria. Le droit d'aînesse, sans doute ! Le tsar, lui, ne choisit pas comme cela. Il réunit toutes les jeunes filles en âge de lui convenir, mille à ce qu'on dit, et alors il décide.

– S'il y en a mille, ironisa Eudoxia, cela en fait neuf cent quatre-vingt-dix-neuf qui ne sont pas élues. Laquelle serais-tu ?

– Oh ! bougonna Maria, je ne veux pas épouser le tsar !

– Mais celui-là, en bas, te plairait bien, hein ?

– Ce n'est pas un crime ! S'il me voit, peut-être que je lui plairai.

– Il n'est pas question qu'il te voie. Et puis, il a d'autres critères.

– Lesquels ?

– Une idée un peu étrange, peut-être, mais ce critère-là en vaut bien un autre. Il souhaite épouser celle qui a fait le dernier voyage avec le maître. On lui a dit qu'elle avait ramené seule le traîneau avec le corps de son père, et il trouve que c'est une jeune fille très courageuse. Un cosaque préfère, semble-t-il, une femme vaillante à une femme raffinée. Va savoir ce qui se passe dans la tête des hommes…

Du coin de l'œil, Eudoxia observait les réactions de la jeune fille. Elle ne décela sur son visage que de la surprise et de l'embarras. Elle insista :

– Je n'ai pas su lui dire laquelle des deux…

Maria ne releva pas.

– Ce n'est pas toi, je crois, reprit la gouvernante avec insistance.

– …

– Je vois que ce n'est pas toi.
– Je n'ai pas dit cela, Eudoxia.
– Eh bien... ?
– Eh bien rien. Je ne te le dirai pas, parce que j'ai juré. Notre mère nous a fait promettre de ne jamais en parler. Jamais.
– Mais pourquoi ?

Maria se retourna vers le lac, et Eudoxia sentit bien qu'elle n'en tirerait rien de plus. Elle revint vers le lit, rafraîchit le visage de Sophia avec un linge mouillé, puis poussa un soupir ostentatoire et sortit.

Maria resta un moment immobile à contempler le cosaque, là-bas. Ainsi, Tania n'avait pas tort : il cherchait celle qui avait accompagné leur père. Parce qu'elle était courageuse ? Maria n'était pas assez sotte pour le croire. Non, le cosaque visait la mine de sel.

Était-ce mal ? Quel homme ne prêterait pas une grande attention à la dot ?

Son visage se fit préoccupé. Elle ne s'aperçut même pas que le cosaque n'était plus sur le lac. Elle quitta la fenêtre, marcha d'un pas hésitant vers la table d'angle et s'assit devant. Un long moment, elle resta là, sans bouger, avant de se décider à allonger la main vers la plume fichée dans l'encrier.

Elle lissa la feuille soigneusement, en réfléchissant à la meilleure formule, et écrivit enfin :

À Alexis Ivanovitch

Elle contempla les deux mots, puis chiffonna le papier d'une main nerveuse.

Ne cherchait-il vraiment qu'une bonne dot ? Le titre de propriété de la mine ne constituait pour l'instant qu'un document vide de sens. Que voulait-il vraiment ?

Leur père l'avait dit, il avait senti une réticence chez le cosaque qui lui avait vendu le document. Après avoir signé l'accord, celui-ci avait eu une hésitation, facile à comprendre : il était toujours dangereux de se séparer d'un cadeau du tsar. Mais même si Alexis – Alexis, elle aimait beaucoup ce nom – ne convoitait la dot que pour récupérer le document, qu'est-ce que cela changeait ?

Maria prit une autre feuille. Sans plus réfléchir, elle saisit la plume et écrivit :

À Alexis Ivanovitch,

On m'a appris que vous souhaitiez savoir qui accompagnait notre père lors de son dernier voyage. Je ne vois pas pourquoi je vous cacherais plus longtemps que c'est moi. N'en dites rien à Eudoxia, elle ne doit pas le savoir.

Votre dévouée
Maria

CHAPITRE 11

Maria s'enveloppa dans une cape et sortit sur la terrasse. Il faisait froid, mais elle n'était pas en état de le sentir. Elle ramassa une poignée de neige sur la rambarde de bois et s'en frotta les joues. Elle avait soigneusement précisé à Tania de ne remettre la lettre au cosaque QUE si celui-ci savait lire. Pourvu qu'elle pense bien à s'en assurer ! Il ne fallait surtout pas qu'il la fasse déchiffrer par quelqu'un d'autre.

Cela la dérangeait, d'avoir utilisé les services de Tania, mais comment agir autrement ? Flena n'aurait pas pu s'empêcher de bavarder et, bientôt, toute la maisonnée aurait été au courant. Avec Tania, aucun danger. Et puis, elle ne lirait pas la lettre, on pouvait en être sûr. Cependant elle en connaissait l'existence, et ça...

Et si le cosaque la lisait tout haut ?

Il ne fallait pas se tourmenter, cela ne servait à rien.

Maria rentra dans la grande pièce du térem. Elle n'arrivait pas à tenir en place. Son regard fit le tour de ces murs si familiers, la bibliothèque, la grande table, le coffre à linge, la petite table, à gauche, celle d'Anastasia... Elle revint vers le lit. Sophia dormait toujours.

Elle se glissa silencieusement jusqu'à la table d'Anastasia et s'assit sur le tabouret qui lui faisait face. Elle avait honte, et en même temps elle se disait qu'utiliser ses objets, c'était un peu comme faire revivre la morte, conserver présent son souvenir.

Elle coula un regard prudent du côté de Sophia avant de redresser le miroir qui avait appartenu à sa sœur aînée. Son visage lui apparut moins rond, moins coloré qu'elle ne le croyait. Elle l'examina longuement. Si Eudoxia la surprenait, elle la gronderait. On ne devait pas se contempler dans son miroir, un miroir n'était destiné qu'à ajuster sa coiffure ou sa robe.

Sans faire de bruit, Maria posa la main sur les pots alignés contre le mur. Elle les caressa du bout du doigt, puis les ouvrit un à un. Les fards d'Anastasia... Elle y trempa deux doigts, s'appliqua sur le visage une couche de crème blanche et examina le résultat d'un œil critique. Elle ajouta du beige par petites touches, du rouge sur les joues, et peignit finalement tout son visage comme le faisaient les dames.

Un long moment, elle détailla ses traits, puis se leva pour retourner à la fenêtre. On ne voyait plus personne du côté du lac. Elle jeta encore un coup d'œil au miroir, regagna sa chambre et s'agenouilla

devant l'icône qui veillait à la tête de son lit. Ses lèvres remuèrent dans une prière silencieuse, qui évolua peu à peu, et Maria sut qu'elles allaient dire le Charme d'Amour, celui que les jeunes filles se transmettaient en grand secret. Les mots lui venaient de plus en plus fort, et elle finit par prononcer tout haut :
« *Qu'il ne puisse sans moi ni vivre ni être,*
ni boire, ni manger, ni dormir, ni parler.
Ni à l'aube du matin ni au coucher du soleil
Comme un enfant sans sa mère. »

●

On entendit un pas précipité sur l'escalier extérieur, et Eudoxia fit irruption dans le vestibule, rouge et essoufflée.

– Un ours… un ours…

Rapidement, Tania glissa la missive dans sa manche. La grosse gouvernante referma vivement la porte et s'appuya dessus, épuisée.

– C'est terrible ! souffla-t-elle.

Se ravisant, elle se retourna, et poussa les trois verrous d'une main experte.

– Ah ! ma petite Tania. Un ours énorme ! Sûrement celui qui a mangé un élan de l'attelage des Polotski, la semaine dernière. Ça ne lui a pas suffi apparemment !

– Un ours sauvage ?

– Non, un ours de saltimbanque. Un qui s'est échappé… Oh ! C'est terrible. À chaque grand froid, c'est pareil : les saltimbanques se font surprendre par la tempête et ils meurent dans la neige ; et leurs ours... Ah ! c'est terrible. L'hiver dernier, rappelle-toi celui qui a fait irruption dans la vallée des Pierres. Il a tellement effrayé les moujiks qu'ils se sont enfuis et sont tous morts de froid pendant la nuit. Un ours, ça redevient vite sauvage.

– À demi sauvage, cria le vieux Boris. Parce que les ours vraiment sauvages, ils n'osent pas s'aventurer sur le territoire des hommes.

– La différence n'est pas bien grande, croyez-moi, quand vous vous trouvez en face de lui.

– Vous vous êtes trouvée en face de lui ?

– Pas tout à fait, mais je l'ai aperçu. Il paraît qu'il a blessé deux chevaux sur la place du marché. Personne ne savait quoi faire.

– Tous des ignorants, grogna Boris Petrovitch.

Eudoxia passa la tête dans la grande salle et se pencha pour voir le vieux sur son poêle.

– Je trouve que vous avez de fort bonnes oreilles, aujourd'hui, Boris Petrovitch.

– Ça dépend des jours, bougonna le vieil homme. Mais tu sais bien que je déteste qu'on parle ailleurs que dans cette pièce. Entrez donc, toutes les deux.

Tania s'approcha du poêle.

– Vous disiez, Boris Petrovitch : « Tous des ignorants »...

– Exactement. Moi je sais ce qu'il faut faire : sacrifier un tonneau de bière. L'ours adore la bière. On met le tonneau sur son chemin et on le laisse boire. L'ours est pire buveur que le Russe, c'est dire... Quand il est saoul, on l'assomme, c'est tout.

– Vous avez déjà fait ça, vous, Boris Petrovitch ? demanda Tania avec amusement.

– Mais oui, petite. Comment crois-tu que je sois encore en vie ? J'ai fait cela et bien d'autres choses.

Eudoxia s'éclipsa, de peur d'entendre le récit d'aventures qu'elle connaissait déjà par cœur. Toutefois, le vieillard sembla oublier le discours commencé pour se plonger dans une rêverie qu'il n'obligea personne à partager.

Tania en profita pour ressortir. Elle traversa le vestibule, la grande pièce contiguë, et obliqua à droite dans un couloir qui desservait la chambre d'Alexis. Le cosaque logeait là, maintenant, depuis qu'Eudoxia avait subitement décidé qu'il ne pouvait plus rester avec les domestiques et qu'il fallait lui donner une chambre d'hôte – assez éloignée, tout de même, du térem.

Le message, dans sa manche, la mettait mal à l'aise. Il lui était difficile de démêler les raisons de son appréhension, mais une lettre si secrète ne présageait rien de bon. De plus, elle avait l'impression que celle qui la portait était complice de son contenu, même sans le connaître.

Dans quelle aventure Maria allait-elle se lancer ? Écrire à un homme qu'on ne connaît pas... Surtout à celui-ci, dont elle n'arrivait pas à définir clairement les intentions.

Qui était vraiment Alexis ? Sous des dehors attachants, il visait un but sans doute peu noble, Tania se le répétait chaque jour. Elle évitait de le rencontrer car, alors, toute sa méfiance disparaissait. Or elle était bien certaine d'avoir raison de se méfier.

Elle fit le vide dans son esprit et prit une grande inspiration avant de frapper à la porte du cosaque.

– Bonjour, Alexis Ivanovitch, je vous apporte ceci.

Tout en lui tendant la missive, elle observa son visage à la dérobée pour surveiller ses réactions. Comme il regardait la lettre pliée sans rien dire, elle s'assura :

– Elle vous est bien destinée, n'est-ce pas ?

– Apparemment. Il est écrit : « À Alexis Ivanovitch ».

– C'est tout ce qui est écrit ? demanda Tania, craignant qu'Alexis sache reconnaître son nom sans être vraiment capable de lire.

– Je vois indiqué aussi « en personne ». De qui cela vient-il ?

Tania ne répondit pas. Elle pouvait se retirer.

– Attends un peu, l'arrêta Alexis. Il y a peut-être une réponse.

Il ouvrit la lettre.

Tout de suite, Tania sut que c'était important. Il relut plusieurs fois. C'était comme s'il avait oublié sa présence. Enfin, son regard tomba sur elle et il dit :

– Il n'y a pas de réponse.

Alexis relut la lettre encore une fois. Ainsi, ce qu'il supposait était maintenant une certitude : c'était Maria, qu'il fallait épouser. Il ignorait à quoi elle ressemblait mais, si elle avait jugé bon d'écrire cette missive, c'est qu'elle était consentante. Après tout, elle ou une autre !

Elle ou une autre...

Il fut interrompu dans ses réflexions par un bruit de cavalcade dans la rue. Sa fenêtre donnant sur le verger et, par-delà sur la propriété du boyard Strogov, Alexis ne vit rien. Pourtant, au bout d'un moment, il eut l'impression que des ombres s'agitaient derrière les fenêtres de la maison du boyard.

L'ours faisait-il encore des siennes ?

De nouveau, des galops. Alexis sortit de sa chambre et remonta le couloir jusqu'à la salle qui donnait sur la rue. Tania était là. Elle ne l'avait pas entendu. Elle fixait l'extérieur, les doigts crispés sur le montant de la fenêtre. Il ne s'approcha pas d'elle, il se contenta de se glisser dans la pièce voisine pour observer à son tour au-dehors.

Il y avait, de l'autre côté de la rue, une femme renversée sur la chaussée, et qui perdait abondamment son sang. Au lieu de lui porter secours, les passants, terrorisés, se dissimulaient dans les encoignures de portes. Deux hommes passèrent au grand galop. Deux hommes vêtus de noir, portant à la selle de leur cheval un balai et une tête de chien.

Tania semblait pétrifiée. Alexis prit soin de faire un peu de bruit en revenant dans la pièce où elle se trouvait, pour ne pas la surprendre, mais elle ne le remarqua même pas. Les yeux fermés, elle appuyait convulsivement ses mains sur ses oreilles. Son visage contracté exprimait une souffrance insoutenable.

– Tania…, murmura Alexis.

Et il posa la main sur son épaule.

Elle ouvrit des yeux hagards et porta sa paume à son front.

– Ils vous font si peur ? reprit-il, stupéfait et profondément touché par cette douleur muette.

Tania le dévisagea un moment, comme si elle ne se rappelait plus vraiment qui il était.

– À qui… souffla-t-elle, ne feraient-ils peur ?

– Qui sont ces gens ?

– Les… opritchniks*… Ils…

– J'en ai entendu parler, dit Alexis. Ce sont les hommes du tsar.

– … Du tsar. Tout leur est permis. Ils tuent… ils…

Elle ébaucha un geste pour se cacher les yeux, mais se reprit et passa simplement ses mains sur son visage.

– Ils portent, murmura-t-elle, le balai pour balayer le royaume, c'est ce qu'ils disent, et la tête de chien pour mordre les ennemis du tsar. Les ennemis…

Elle eut un frisson.

Depuis le couloir, Yakov observait la scène. Il n'entra pas dans la pièce. D'une part, ce n'était pas sa place, d'autre part, il avait une certaine affection pour l'ombre.

– Regardez, voilà Flena ! lança Alexis en désignant une silhouette dans la rue.

Le visage de la petite servante paraissait bouleversé. Elle se jeta dans la cour comme dans un refuge longtemps espéré et se précipita vers l'escalier. On l'entendit bientôt qui haletait dans le vestibule.

– Eudoxia... Mon Dieu ! Ils ont... ils ont torturé... ils ont massacré...

– Qui ? cria la voix tremblante d'Eudoxia.

– Toute la famille du boyard Strogov. Les serviteurs fendus en deux, les femmes... Oh ! Eudoxia...

Flena s'effondra en larmes.

Tania était redevenue d'une rigidité mortelle, respirant à peine.

– Il paraît, bredouilla Flena d'une voix saccadée, que les Strogov cachaient chez eux la fille d'un boyard de Novgorod.

– Les Strogov ?

Une voix d'homme, un serviteur sans doute, précisa :

– Ils cherchaient la fille d'un nommé Rostov. Un ennemi du tsar, à ce qu'ils ont dit, un qui aurait participé à la révolte de Novgorod.

– Rostov et Strogov, ça se ressemble un peu, nota Flena comme si ça pouvait expliquer quelque chose.

– Le boyard Rostov, fit la voix stupéfaite d'Eudoxia, Piotr le connaissait. Ils étaient fort amis. Il avait réussi à échapper au massacre de Novgorod, mais il a été retrouvé et tué par la suite... Les Strogov auraient hébergé sa fille, dis-tu ?

Le visage de Tania était exsangue. Un instant, Alexis eut l'impression que la jeune fille allait s'affaisser et il passa son bras autour de sa taille. Elle se raidit instinctivement.

– Tania, souffla-t-il. Vous êtes la fille du boyard Rostov, n'est-ce pas ?

Tania ferma la porte. Elle s'assit lentement sur son lit, sans un regard pour la petite chambre où elle avait été presque heureuse. Elle ne pouvait plus rester ici. Elle ne pouvait plus. Elle ne pleurait pas. Depuis longtemps elle ne savait plus le faire. Seulement la terreur dans son cœur. Les hommes en noir. Les coups à la porte... Les coups à la porte.

Partir.

Où ?

N'importe où. Ici, elle constituait une menace pour tous. Pour Maria et Sophia, pour Eudoxia, pour le vieux Boris Petrovitch, pour Flena. Pour tous.

Mais y avait-il encore du danger, maintenant que les opritchniks étaient partis ? Elle connaissait leurs méthodes : ils n'avaient pas pris le temps de s'assurer de quoi que ce fût, ils avaient massacré toute la maisonnée pour être certains de ne pas épargner la fille des Rostov. Seulement, leurs renseignements étaient erronés, et ils s'en rendraient peut-être compte.

Tous ces morts à cause d'elle… À cause d'elle. Elle prit sa tête dans ses mains.

– Tania !

La jeune fille regarda vers la porte sans bouger. Ce n'était pas une voix ennemie, c'était Alexis. Elle remarqua confusément qu'il n'avait pas frappé, juste appelé depuis le couloir. Il ouvrit la porte assez lentement pour ne pas la surprendre.

– Tania, je viens d'apprendre… Enfin, le bruit court en ville que, si les opritchniks recherchent bien la fille des Rostov, ils ne savent pas où elle se trouve. D'après les soldats de la garnison, le seul renseignement qu'ils possèdent est qu'elle s'est réfugiée à Riazan. S'ils ont fait un massacre chez les Strogov, ce n'est pas parce qu'ils les soupçonnaient réellement. Vous savez bien qu'ils haïssent les boyards et profitent du moindre argument pour les massacrer.

Tania ne réussit pas à répondre, mais elle fut reconnaissante à Alexis d'être venu lui dire cela et ôter un peu de l'oppression qui l'étouffait.

– Ce n'est pas vraiment à cause de vous, insista le jeune homme. De plus, j'ai su que les opritchniks ont l'ordre de ne pas tuer celle qu'ils recherchent. Le tsar veut la voir vivante, en face de lui.

Il n'ajouta pas : « pour la torturer de sa main ».

Tania fixait les dessins du tapis.

– Merci, Alexis, murmura-t-elle enfin sans le regarder.

Le jeune homme attendit un instant, cherchant un mot à ajouter, mais il n'en trouva pas. Il s'éloigna silencieusement et referma la porte.

Un long moment, Tania resta sans bouger, puis elle leva les yeux vers le mur d'en face, vers le miroir.

Le miroir… Il pouvait lui révéler l'avenir, il suffisait de s'y regarder à la lueur de trois bougies. Elle alla chercher celles qui éclairaient les icônes et les disposa avec soin. Elle entendait des cris dans sa tête, et puis Boris Petrovitch, et la voix d'Alexis. Elle observa son visage à la lumière vacillante des flammes.

Non… non. Elle ne voulait pas savoir. Elle détourna vite son regard et souffla les bougies.

CHAPITRE 12

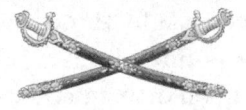

Yakov se gratta la barbe d'un mouvement familier. Il se demandait bien où en était Alexis, il n'avait pas réussi à lui parler ni à le voir en tête à tête depuis la veille. Au fur et à mesure que le temps passait, il en venait à penser que, finalement, il n'y avait pas grand risque. Les cheveux d'un enfant très jeune peuvent changer de couleur, mais la fille avait à ce moment-là une douzaine d'années. Si elle était blonde à douze ans, elle l'était certainement encore.

Oui. Et si, par hasard, Alexis épousait la fille et se rendait compte que ce n'était pas la bonne, il n'aurait qu'à l'étrangler. Avec un bon tour de main, on casse juste la colonne vertébrale au niveau du cou, et terminé. Sans marques.

Ou alors, Alexis pourrait épouser une des filles et lui l'autre. Après tout, s'offrir une jeune femme, ça lui dirait bien ! Celle qu'il avait au pays devenait un peu vieille et acariâtre.

Hum…

Yakov sourit de son idée. Personne ne lui donnerait une fille Chorski en mariage, à lui. Il faudrait l'enlever, et Alexis ne serait pas d'accord, il en mettrait sa main au feu. Ça ferait des histoires... Non, ce n'était pas une si bonne idée.

Et puis, Alexis n'était quand même pas idiot, il s'assurerait que le titre de propriété faisait bien partie de la dot.

Oui, mais quand le saurait-il ?

Il ne fallait rien brusquer, à ce qu'il paraissait ! Seulement lui, Yakov, il en avait plus que marre. Les maisons, il n'aimait pas. Il ne fallait pas salir, pas se soûler, éviter le bruit. Ça commençait à bien faire. Ils avaient assez traînaillé par là. Timofeï avait eu tort de compter sur ce mollasson d'Alexis, qui passait son bras autour de la taille de la petite Tania et n'en profitait même pas pour chercher à l'embrasser.

Ainsi, cette Tania était la fille du boyard Rostov... Intéressant.

Yakov tira un peu sur sa veste de peau pour la rajuster et se dirigea vers l'atelier où il savait trouver Flena, une servante bien appétissante. Il prit son ton enjoué :

– Que fais-tu là, adorable petite femme ?

– Oh, c'est toi, Yakov, tu m'as fait peur ! Tu le vois bien, je feutre la laine.

– Pour m'en faire une paire de bottes ?

Flena sourit.

– Tu plaisantes. Ce feutre ne m'appartient pas, et encore moins à toi.

– C'est pour tes maîtresses ?

– Peut-être, curieux.

– Dis-moi, chuchota le cosaque d'un ton confidentiel, est-ce qu'elles sont jolies, au moins ?

– En quoi cela vous intéresse-t-il, seigneur Yakov ? se moqua la servante.

– Je crois que mon maître va en épouser une.

– Ah ! Laquelle ?

– Je crois que c'est Maria. Une fille qui a vu le monde, Maria, hein ?

– Le monde ? Tu crois ? Moi, je l'ai toujours connue au térem.

Yakov serra les lèvres. Il regarda autour de lui et s'enquit :

– Tu n'as pas vu Tania ?

– Je crois qu'elle est sortie.

– En ville ?

– Non, sûrement pas. Tania ne quitte jamais cette maison, sauf pour aller au lac. Mais le lac, c'est encore les terres des Chorski. Tu veux la voir tout de suite ?

– Non, ça ne presse pas. J'ai du travail aux hangars.

Yakov quitta l'atelier, traversa la cour et passa par le hangar, puis il sortit dans la deuxième cour, celle de derrière. Un moment, il resta au portail et examina le lac. Elle y était, la Tania, à nourrir le cygne.

Il songea qu'autrefois il possédait un gerfaut qui chassait très bien le cygne. Un gerfaut redoutable.

Il se perchait sur les buttes de neige et, impossible comme une statue de pierre, surveillait tout son territoire. La terreur des oiseaux, ce gerfaut.

Yakov quitta la cour et se dirigea vers le lac.

– Ah ! la demoiselle Tania et son cygne. Faut pas s'attacher à ces bêtes-là, belle demoiselle. Un jour, le gerfaut viendra.

– Pourquoi dites-vous cela, Yakov ? Quel gerfaut ?

– Oh ! Il y a toutes sortes de gerfauts.

Tania observait les petits yeux gris du cosaque. La boucle d'oreille qui pendait à son unique oreille dansait quand il parlait. Elle ne l'aimait pas beaucoup.

– Il paraît, reprit Yakov, que mon maître épouserait ta maîtresse.

Tania lui jeta un regard soupçonneux.

– Qui vous a dit cela ?

– Je le sais. Si mon maître épouse ta maîtresse, pourquoi ne m'épouserais-tu pas ?

Les yeux de Tania se figèrent.

– Ah ! Je vois, ironisa Yakov. On n'épouse pas un pauvre cosaque, hein ? On est une dame du monde, hein ?

Comme Tania ne répondait pas, il continua :

– Une dame du monde. Je dirais même une fille de boyard.

– Pardon ? Vous plaisantez, je pense.

– Ainsi, continua Yakov sans insister, Alexis épouserait Maria.

– …

– Tu ne le savais pas ?

Tania secoua la tête d'un air qu'elle essayait de rendre indifférent.

– Maria, c'est bien celle qui était avec son père le jour de sa mort…

Tania fixait les yeux sur le lac, dérobant à Yakov son visage.

– C'est bien celle-là ? insista-t-il. Réponds !

– Que voulez-vous que je réponde ? Comment pourrais-je le savoir ?

– Tu passes tes journées avec ces filles et tu ne sais rien de ce qui les concerne ?

Tania fronça les sourcils.

– Je ne vois pas en quoi cela aurait la moindre importance pour vous.

– Il se trouve, reprit Yakov d'un air mauvais, que cela m'intéresse. Et j'obtiens toujours ce qui m'intéresse.

Le visage de Tania resta de marbre.

– Alors écoute, ajouta le cosaque d'un air menaçant, tu me le dis, c'est tout. Qu'est-ce que ça peut te faire ?

– Ça ne me ferait rien du tout, seulement je ne le sais pas.

– Écoute. La fille qui était avec Chorski, mon chef – le grand et vénéré Timofeï – l'a vue, et il s'en souvient encore tant elle lui a fait forte impression. Du coup, il m'a chargé d'un cadeau pour elle. Alors, j'ai besoin de savoir laquelle c'est.

– Je l'ignore, je vous l'ai dit.

– Je pourrais te faire comme aux voleurs, te briser les talons et t'obliger à remuer les pieds. Là, tu avouerais.

Tania choisit de rire.

– Allons, Yakov, une pareille torture juste pour savoir à qui remettre un cadeau ?

Le cosaque secoua la tête et tenta un vague sourire, comme pour se moquer de lui-même.

– Je pourrais le faire, dit-il d'un air matois, et te jeter dans le lac. Ou bien autre chose…

Il semblait plaisanter, mais une lueur dans ses yeux disait le contraire.

– Je pourrais aussi fermement te conseiller de ne pas parler de notre rencontre. Les opritchniks ne sont pas loin, je saurais où les trouver. Si tu as quelque chose à me raconter, n'hésite pas. Je te donne… jusqu'à demain, par exemple, hein ? Tu comprends ? Tu me lâches le renseignement, tu ne dis rien à personne, et je ne sais plus rien sur toi.

Les heures s'étaient écoulées, trop brèves et trop longues. Tania était retournée près du lac, dans la cachette sous les branches, mais le cygne n'y était pas. Sa présence lui aurait pourtant fait du bien. Elle était restée à l'attendre, longtemps. Il n'était pas revenu.

Quand Tania pénétra dans la cuisine, elle ne vit d'abord que les yeux angoissés de la femme de service. Le boulanger tournait le dos. Il régnait une atmosphère lourde. Sur la table, dans un plat d'argent, trônait une grosse volaille rôtie. Le regard de Tania alla du plat à la cuisinière, de la cuisinière au plat. La volaille avait la tête posée sur le ventre, on avait replié son long cou... son long...

Tania ouvrit la bouche, comme asphyxiée, puis ses lèvres se serrèrent si fort qu'elles en devinrent toutes blanches et que son visage fut agité d'un tremblement. Elle tourna le dos et s'enfuit en courant.

– Que se passe-t-il ? s'inquiéta Alexis en entrant à son tour dans la cuisine. Je viens de croiser Tania. Elle m'a presque bousculé, et...

Le boulanger leva des yeux embarrassés et désigna du menton la volaille sur la table.

Alexis regarda sans comprendre.

– C'est Yakov, dit la cuisinière.

– Yakov ? Qui a fait quoi ?

– Qui l'a fait rôtir...

Le regard sceptique d'Alexis revint sur le volatile. Puis son visage exprima la stupeur, il pâlit, rougit...

– Fiche le camp ! siffla Alexis entre ses dents en saisissant Yakov par le devant de sa veste. Fiche le camp d'ici, je ne veux plus te voir !

Il avait envie de le battre, de lui tordre le cou.

—Qu'est-ce qui te prend ? répliqua Yakov. Tu ne vas quand même pas faire des histoires pour un cygne sans intérêt ?

—Pour un cygne... Un cygne sans intérêt. J'espère que tu mesures la portée de ce que tu as fait, et contre qui tu l'as fait !

—Je mesure, lâcha Yakov d'un ton agressif. Inutile de te mettre dans cet état !

—Tania n'a rien à voir avec notre problème et elle se trouve dans une situation assez dramatique comme ça, sans que tu...

—Sans que je... Bien sûr, Alexis Ivanovitch sait ce qu'il faut faire, et il est le seul à le savoir. Les autres ne sont pas assez intelligents, hein ? N'empêche que grâce à moi...

—Grâce à toi, rien du tout. Tu n'as fait que du mal.

—Il n'empêche que c'est moi qui gagnerai. Écoute-moi, fils d'Ivan, et calme-toi. On croirait, à t'entendre, que ce n'est pas le but qui compte. Avec des raisonnements comme les tiens, on n'obtient rien.

—Et que crois-tu obtenir, toi ?

—La vérité. Je parie que Tania me dit demain matin qui était avec Chorski.

—Elle ne dira rien du tout. Et en plus, nous n'en avons pas besoin, parce que je sais déjà la vérité. Maria m'a écrit : c'est elle qui accompagnait son père.

Yakov resta silencieux, puis il eut un geste fataliste.

– Il fallait me le dire !

Alexis secoua la tête d'un air fatigué.

– La seule chose que tu aies réussie, c'est à attirer l'attention sur le fait que nous recherchons cette fille. Tania va prévenir Eudoxia, et tout le monde saura que je ne suis pas là pour faire du commerce et que j'ai menti. Et on nous priera de quitter les lieux sur-le-champ.

Yakov l'arrêta d'un geste.

– Oh ! Tu me prends pour un novice ? Tania n'ouvrira pas la bouche, elle a trop peur de ce qui pourrait lui arriver.

– Que veux-tu dire ?

– Elle ne dira rien parce qu'elle a peur de moi. Et cette peur est ta seule chance de rester dans ces lieux et d'épouser la fille. Si tu me renvoies, c'est fini.

CHAPITRE 13

Le lendemain, Alexis chercha Tania mais ne la trouva nulle part. D'ailleurs, il ne savait ce qu'il lui aurait dit. Tout lui avouer ? C'était peut-être le mieux. Maintenant, elle en savait trop, et pas assez. Ignorant la réalité, elle imaginerait probablement bien pire. Oui, il épousait Maria, cependant celle-ci ne serait pas malheureuse avec lui, pas plus qu'avec un autre.

Il faudrait lui dire cela, et surtout…

Qu'elle puisse croire qu'il était pour quelque chose dans la mort de l'oiseau, ou même qu'il ait été mis au courant, lui était insupportable. Il était en rage contre Yakov, il ne supportait plus sa présence. Seulement on ne pouvait plus faire marche arrière. Tania ne parlerait pas, en cela Yakov avait sans doute raison.

Il alla se baigner, mais l'eau glacée ne lui fit aucun bien. Il n'avait plus qu'une envie, fuir cette maison.

Non. Il fallait se reprendre. Il fallait en revenir à des données claires : il avait été envoyé ici par

Timofeï, pour récupérer un document. C'était une question de vie ou de mort. Il n'y avait pas à sortir de cela.

D'autant qu'il voyait le bout du chemin. Il obtiendrait la fille sans difficulté, il l'épouserait, rapporterait le document à son chef, et sa mission serait terminée. Il n'emmènerait pas sa femme, elle ne supporterait pas la vie de là-bas. Il reviendrait la voir souvent, aussi souvent que possible. Elle, resterait dans sa famille, au chaud. Non, elle ne serait pas malheureuse.

Il demeura pensif... Pourquoi Maria avait-elle écrit cette lettre ? Voilà que, soudain, un doute lui venait. Un bref instant, il songea que si Yakov obtenait de Tania un renseignement supplémentaire, cela ne nuirait pas. Puis il s'en voulut de cette pensée.

Il traversa la cour à grands pas, et croisa une petite tache brune dans la neige. Un coq. Que faisait-il dehors en cette saison ? Il était en piteux état.

Alexis le ramassait quand il s'entendit appeler. Il glissa le coq dans son manteau et grimpa les quelques marches qui menaient au grenier à blé.

– Le sel va arriver, annonça Yakov, il est temps de conclure tes histoires. Va pour Maria, je n'ai rien obtenu de cette maudite Tania. Je crois que, réellement, elle n'est pas au courant.

L'escalier de bois craqua, et le visage de l'intendant s'encadra dans la porte.

– Mauvaise nouvelle, annonça-t-il. Le convoyeur de sel s'est tellement soûlé qu'il est tombé du traîneau et qu'il est mort dans la neige. Le froid, vers l'Est, est terrible. Même deux courriers du tsar ont été gelés. Il faut envoyer quelqu'un.

– Yakov ira, décréta Alexis.

Puis, se tournant vers le cosaque :

– Prends ce qu'il te faut de fourrures pour te protéger. Fais couvrir le traîneau, emporte de l'alcool et des fruits secs, ce que tu voudras.

Yakov fit un simple signe de la tête et sortit. Un moment, Alexis le suivit des yeux, jusqu'à ce que son attention soit attirée par un grattement contre sa chemise. Il extirpa le coq de sa cachette.

– Ah ! s'exclama l'intendant en le découvrant, c'est celui qui a fugué hier au soir. (Il se pencha vers le coq.) Voilà ce qui arrive, pauvre inconscient !

Il regarda de nouveau Alexis.

– Il a la crête gelée. C'est malin ! Faut la lui couper.

Et, sans attendre, il sortit son court poignard de sa ceinture, saisit la crête de la main gauche et la trancha d'un coup. Le coq eut à peine un sursaut, secoua la tête, et se mit soudainement à chanter. Alexis et l'intendant se regardèrent d'un air surpris, puis se sourirent.

Sophia se redressa sur son lit. Elle avait repris un peu de couleurs, et la fièvre était tombée.

– Tu vas mieux, constata Eudoxia, mais garde encore le lit. (Elle soupira.) De toute façon, il ne fait pas bon dehors.

Sophia tourna la tête vers la gouvernante. Eudoxia ne parlait pas de la température extérieure, c'était évident.

– Que veux-tu dire ?

Pour toute réponse, la gouvernante soupira de nouveau. Tania prit alors la parole et déclara avec gravité :

– Je m'en vais.

– Tu… quoi ?

– Je pars.

– Les opritchniks la recherchent, expliqua Eudoxia. Ils savent qu'elle se trouve à Riazan.

Elle songea qu'elle aurait préféré continuer d'ignorer qui était vraiment Tania – elle l'avait découvert à cause de cette affaire chez les Strogov. Sa maîtresse avait bien fait de le lui cacher, elle ne se sentait pas une âme d'héroïne.

– Et où iras-tu ? souffla Maria.

Tania eut un geste d'ignorance.

– Nous ne pouvons pas laisser faire ça ! s'enflamma Sophia.

Tania l'arrêta d'un geste.

– Non, Sophia. Je ne reviendrai pas là-dessus. Si je reste, vous êtes tous en danger.

– Mais nous nous battrons ! Il y a des serviteurs…

Maria ricana :

– Nous battre ? Contre les opritchniks ? Et puis, à quoi cela servirait-il ? Moi, je vais te dire : j'ai peur.

– Tu as peur pour toi ? Est-ce que tu penses à Tania ?

– J'ai peur pour nous tous ! s'énerva Maria.

– Elle a raison, trancha Tania. Écoute, Sophia, si je reste et que les opritchniks me trouvent, ils tueront tout le monde. Maria, Eudoxia, toi... et moi aussi, tôt ou tard. Si je pars, nous avons encore une chance d'être tous sauvés.

Eudoxia poussa un petit gémissement et s'assit.

– Ce que dit Tania est malheureusement vrai, souffla-t-elle.

Sophia détourna la tête. Elle avait des larmes dans les yeux.

Tania s'agenouilla sur le tapis et se mit à masser la jambe douloureuse d'Eudoxia avec de l'huile de bouleau. Les ulcères de la vieille gouvernante se réveillaient de loin en loin, et Tania était certaine que les événements qui étaient arrivés dans cette maison depuis quelque temps en étaient la cause. Maintenant, un pan de sa vie s'achevait, dans la douleur. La vie n'était-elle que douleur ? On ne pansait les plaies que pour mieux les rouvrir.

Elle faisait de son mieux pour présenter un visage serein, quand la souffrance lui déchirait le cœur. La souffrance intolérable de l'injustice. Pouvoir que se donnent les uns sur la vie des autres. Force. Droit. Ce ne pouvait pas être la loi de Dieu ! Où était Dieu ?

L'oiseau blanc était mort, ravivant dans son cœur la révolte. La révolte, comme un cri intérieur. Les coups frappés à la porte, et puis le sang, tout le sang. Et le galop des chevaux. Rien n'était fini. Rien ne serait-il donc jamais fini ?

– Tania ?

– Excusez-moi, Eudoxia, je rêvais. Je vais vous envelopper la jambe dans un poumon de mouton. Vous verrez, ça vous fera du bien.

– Tania, je voudrais tellement t'aider...

– Tout le monde a déjà tant fait pour moi, dans cette maison. N'ayez pas de regrets et ne vous inquiétez de rien. Voyons, Sophia, ne pleure pas.

– Notre pauvre sœur, et puis maintenant toi qui t'en vas... Et sans que nous puissions te savoir en sécurité quelque part.

Tania eut un sourire triste.

– Entre le Yaïk et la Volga, dit-elle, pousse une plante étrange, qui ressemble exactement à un mouton, et qui se développe en mangeant tout ce qu'il y a autour d'elle... Je ne veux pas ressembler à cette plante.

Elle aurait voulu trouver les mots pour consoler Sophia mais, des mots, elle en manquait déjà si cruellement pour elle-même... Il y en avait trop peu sans doute. Ou elle ne les connaissait pas. Ou elle ne savait pas comment les agencer pour s'en reconstruire un monde cohérent.

Maria se retira dans sa chambre. Elle n'avait pas osé demander à Tania des nouvelles d'Alexis. De toute façon, Tania n'en aurait probablement pas, puisqu'elle avait passé presque tout son temps au térem depuis la mort de l'oiseau.

Alexis n'avait pas répondu, et elle en était parfois presque soulagée. Tania prétendait qu'il n'était sûrement pour rien dans la mort de son cygne, qu'il ne s'agissait que d'une maladresse de son serviteur. Cela semblait tout de même étonnant, et Maria en était à se demander si elle avait bien fait d'écrire la lettre. Après tout, malgré sa belle apparence, le cosaque n'était qu'un cosaque, et les histoires les plus folles lui revenaient en tête. Alexis souhaitait-il vraiment rompre avec sa vie précédente et s'établir ici ?

Il lui venait des doutes, parfois, et elle se rongeait les ongles si fort que ses doigts en saignaient. Alors, elle les enveloppait dans un petit linge fin et se reprenait à songer qu'Alexis était beau, et qu'elle devrait peut-être s'assurer d'un peu plus de magie pour l'attacher à elle.

Il aurait fallu qu'elle obtienne quelque chose de lui, un cheveu, la trace de son pas qu'elle découperait dans la boue, un morceau de vêtement… Si au moins il répondait à sa lettre !

Mais non, elle était folle ! Ce n'était qu'un cosaque sans foi ni loi, sans feu ni lieu. Qu'était-elle allée lui dire ? Maintenant, pouvait-elle reculer ? Elle aurait volontiers pris conseil de sa sœur, mais comment le faire sans lui révéler le contenu de la lettre ?

Maria entrebâilla la porte de sa chambre. Ni Tania ni Eudoxia n'étaient plus dans la grande salle du térem. Seule, Sophia, assise devant sa table, s'examinait dans la glace d'un œil inquisiteur.

— Flena a-t-elle apporté les graines ? demanda-t-elle en apercevant Maria par l'intermédiaire du miroir.

— Je crois, oui.

Sophia passa le bout de ses doigts tout autour de son front, à la naissance des cheveux. On aurait dit que la maladie en avait accéléré la pousse, les racines en étaient redevenues toutes blondes.

— Tu sais, Sophia, remarqua Maria, il y a quatre ans que notre père est mort, trois que notre mère l'a suivi. Pourquoi continuer à porter le deuil ? Pourquoi teindre encore tes cheveux en noir ?

Sophia ne répondit pas. Elle scrutait son visage dans le miroir comme si elle le voyait pour la première fois.

Dehors, on entendit le bruit du portail, du côté du lac. Maria se précipita à la fenêtre.

— C'est un traîneau qui arrive, annonça-t-elle, un traîneau très long. Devant, il y a nos chevaux, mais il y a des rennes derrière.

— Est-ce que ce n'est pas le chargement de sel qu'on attendait ? demanda Sophia.

— Sans doute.

– Cela veut dire que le cosaque va repartir ?
– Peut-être...
– Ce n'est pas sûr ?
– Peut-être qu'il choisira de rester. Il paraît qu'il se plaît ici. Tiens, je vois son serviteur, c'est lui qui conduit le traîneau. Oh ! sur le chargement, il y a un homme allongé. On dirait qu'il est mort. Le serviteur le tire par les pieds. Il est tout raide !

Sophia n'alla pas vers la fenêtre. Elle regardait fixement le long sarafan[1] de soie rouge à boutons d'argent qu'Eudoxia avait déposé sur son édredon. Un homme mort...

Les larmes se mirent à rouler sur ses joues.

---

1. Sorte de robe de dessus.

CHAPITRE 14

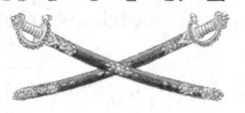

Tania leva avec inquiétude les yeux vers la fenêtre. Quelque chose attirait son attention à l'extérieur. Un homme, de l'autre côté de la rue, gesticulait. Elle le reconnut subitement : c'était le boyard Kourbinski, un ancien voisin de ses grands-parents, qui possédait autrefois un domaine au nord de Moscou. Était-ce à elle, qu'il faisait signe ? Malgré les années, savait-il qui elle était ?

Pourquoi pas ? Elle, n'avait pas eu de doute sur son identité et, pourtant, il allait aujourd'hui en haillons.

Quand il vit le visage de Tania derrière le carreau, l'homme se mit à articuler des mots avec une insistance fébrile, sans émettre un son. Tania n'avait pas besoin de son, « opritchniks » était un mot qu'elle aurait pu lire sur des lèvres paralysées.

Elle recula lentement, tourna les talons et s'élança dans l'escalier. Sa chambre. Le coffre. Son manteau. Sa toque. Ses moufles. Les plus chauds, les plus épais. Elle s'engouffra de nouveau dans le couloir, dévala l'escalier de l'arrière. Ses bottes rouges

– qu'elle n'avait plus quittées depuis la première visite des opritchniks – s'enfoncèrent dans la neige épaisse de la cour.

Le traîneau de voyage était toujours là, attelé des quatre chevaux. Un seul traîneau de sel y restait accroché. Elle se glissa à la place du conducteur et, sans prendre le temps de se couvrir avec les fourrures, lança l'attelage. Les deux chevaux de tête se tournèrent d'eux-mêmes vers le portail et le franchirent avant de prendre le galop.

– C'est curieux, dit Alexis. Regardez, Eudoxia, il me semble que cet homme faisait des signes vers la maison.

Eudoxia jeta un regard dans la rue.

– N'y faites pas attention, c'est un demi-fou.

Alexis observa l'homme un instant. Il avait cessé de gesticuler et reprenait son chemin, le dos voûté.

– Vous le connaissez ?

– Pas vraiment, répondit Eudoxia.

– Il fait partie des miséreux que vous nourrissez ?

– Non ! Ce n'est pas le genre à…

Elle eut une hésitation, comme si elle mesurait ses paroles, et ajouta :

– Ce n'est pas un homme ordinaire. Il refuse la charité. Il préfère vivre d'épluchures d'oignons et de peaux de melons.

– Il a une allure étonnante, reprit Alexis, intrigué. Je ne saurais dire pourquoi.

– Moi, je peux dire pourquoi, glapit le vieux Boris. C'est que son manteau est troué, mais que son manteau est d'hermine. Que les boutons y sont rares, mais que ce sont des boutons en or. Que ses bottes sont percées, mais que, si tu y regardes bien, tu y vois la trace des pierres précieuses qui les ornaient.

– Qui est-il donc ?

Eudoxia eut une mimique contrariée, qui disait toute sa réticence à évoquer de tels sujets.

– Un boyard. Ses biens ont été confisqués par le tsar quand…

Elle suspendit sa phrase. Elle se sentait incapable de prononcer le mot fatidique.

– Quand il a créé l'opritchnina ! cria Boris Petrovitch.

Eudoxia eut un mouvement fébrile pour lui enjoindre de se taire, comme si le mot lui-même avait un pouvoir maléfique.

– Maudits, grinça encore le vieillard.

– Chut ! Taisez-vous, Boris Petrovitch.

Mais le vieil homme suivait son idée.

– Ivan le Terrible… Ivan le Redoutable… Ivan le Maudit, siffla-t-il de sa bouche édentée.

– Par pitié, Boris Petrovitch !

Eudoxia passa rapidement dans le vestibule et poussa tous les verrous.

– Les verrous ne protègent de rien ! cria Boris d'un ton ironique.

Alexis s'approcha du poêle.

– Boris Petrovitch, souffla-t-il, j'ai déjà entendu ce mot « opritchnina », mais qu'est-ce au juste ?

– Des territoires, des villes que s'est attribués le tsar, et sur lesquels il s'est donné tout pouvoir. Tout pouvoir, tu comprends ce que ça veut dire ? Et ce pouvoir, il l'a confié à ses opritchniks. Pour leurs services, ces maudits ont reçu des domaines. Des domaines tout simplement confisqués aux boyards.

Eudoxia revint dans la pièce.

– Parlons d'autre chose, si vous le voulez bien, ordonna-t-elle d'un ton sans réplique.

Alexis n'insista pas. Il jeta un coup d'œil par la fenêtre. Le boyard en loques avait disparu.

– Nous pourrions nous remettre aux comptes, proposa Eudoxia. Combien dites-vous que nous avons reçu de sel ?

●

– C'est comme vous voudrez, Eudoxia. Je peux très bien ne pas partir tout de suite, il me suffira de confier le chargement à Yakov.

– Je souhaite que vous ne partiez pas du tout, Alexis Ivanovitch. Que deviendrait cette maison sans vous ?

– Votre intendant va mieux.

– Grégoire est vieux et, quand on est vieux, on ne va jamais vraiment mieux. Il y a une pente et on la descend, même si on réussit à s'accrocher au bord de temps en temps. À chaque neige, on glisse un peu plus et, si un rocher par hasard nous arrête, ce n'est que pour un instant. Restez, Alexis Ivanovitch. Vous aviez souhaité épouser notre pauvre Anastasia, prenez une de ses cadettes.

– Je vais réfléchir, promit Alexis. Comme je vous l'ai dit, je ne connais aucune de ces jeunes filles, et…

– Je sais, je me rappelle votre demande. Hélas ! Je n'ai pu savoir laquelle accompagnait son père.

– Ah ! fit Alexis, un peu déçu.

– Qu'il épouse Alexandra ! cria le vieux Boris.

Eudoxia sursauta, puis elle soupira d'un ton agacé :

– Votre fille Alexandra s'est mariée voilà bientôt cinquante ans, Boris Petrovitch. (Elle regarda Alexis et changea de ton.) Faites-moi confiance, elles sont jolies toutes deux et feront l'une et l'autre des épouses fort convenables. Nous n'avons pas de dot à vous offrir, mais vous resterez ici, et cette maison sera la vôtre. Vous serez le nouveau maître.

Alexis ne se sentait pas très à l'aise. Il aurait voulu dire… Mais comment, sans tout compromettre ?

D'ailleurs, Eudoxia ne lui en laissa pas le temps, elle continuait :

– Pour ne rien vous cacher, je préférerais que vous épousiez Sophia. Elle est l'aînée des deux et a déjà dix-sept ans ; mais, bien entendu, vous restez libre de votre choix.

Dans les yeux d'Alexis, elle lut une hésitation.

— Je crois, répondit-il enfin, que je préférerais...

On entendit du vacarme dans la rue, des cris, des galops. On aurait dit que des chevaux s'arrêtaient dans la cour de la maison.

Flena se précipita.

— Les opritchniks ! Les opritchniks... Ils font toutes les maisons de la ville une par une et les voilà ici !

Et, complètement affolée, elle redescendit en courant l'escalier qui menait aux dépendances.

— Mon Dieu ! gémit Eudoxia. Mon Dieu, aidez-nous... Les icônes ! Qu'on allume toutes les bougies ! Cachez tous les...

Alexis lui saisit fermement le poignet.

— Calmez-vous, Eudoxia. Vous ne savez rien, vous ne connaissez pas la personne qu'ils cherchent. Vous ne craignez rien, n'est-ce pas ?

— Ou... i...

— Quittez cet air coupable. Si j'étais opritchnik, je saurais à votre visage que je suis à la bonne adresse. Où est Tania ?

— Je... je ne sais pas.

Alexis s'engouffra dans le vestibule, mais son élan fut stoppé net par un coup violent qui abattit la porte d'entrée. Une quinzaine d'hommes noirs, arme à la main, envahirent le vestibule. Immédiatement, deux d'entre eux se jetèrent sur Alexis pour l'immobiliser, et une voix cria :

– Ficelez tous les hommes !

Puis un opritchnik approcha son visage menaçant de celui d'Eudoxia et lui plaça la pointe de son poignard sur le cou.

– La fille ! Où est la fille ?

– Qu... i ?

– La fille de Rostov !

– Où... comment..., bégaya la gouvernante sans même savoir ce qu'elle disait.

– La fille de Fédor Rostov est dans cette ville, et je te conseille de me dire au plus vite si elle loge ici.

Il enfonça encore un peu la pointe de son poignard dans le cou gras d'Eudoxia et sentit soudain le corps flasque s'effondrer. Il lui lança un coup de pied furieux. On ne pouvait rien obtenir d'un corps sans connaissance.

– Fouillez la maison !

– Vous vous trompez, intervint Alexis. C'est ici la maison d'un simple commerçant.

Le chef des opritchniks fit un geste, et les deux hommes qui tenaient Alexis lui passèrent entre les dents une corde qu'ils attachèrent ensuite à ses mains liées dans le dos, puis à ses chevilles.

– Se renseigner aimablement est un peu compliqué, ricana le chef des opritchniks, mais il paraît qu'on ne peut pas occire toute la ville...

– Valets du diable ! cria une voix.

Le chef passa la tête dans la grande salle. Sur le poêle, il y avait un vieux, édenté, chauve, avec une barbe qui paraissait mangée par les mites.

– Tu as quelque chose à dire, grand-père ? grimaça-t-il d'un air faussement aimable.

– Pourquoi est-ce que vous cherchez ce Rostov ?

– Pas Rostov, grand-père, celui-là a eu ce qu'il méritait. Seulement sa fille.

– Pourquoi est-ce que vous cherchez sa fille ?

– C'est la fille d'un traître.

– D'un traître ? Ah !… le monde a bien changé. Va comprendre ça, hein ! Voilà que tous les honnêtes gens se dévoient, complotent, trahissent. Tous, comme ça. Une vraie épidémie. Je crois qu'ils sont tous devenus fous… À moins qu'il n'y en ait qu'un seul, de fou… Et que ce soit justement votre maître maudit ! Et maudits soyez-vous tous, vous et l'infâme bourreau qui se prétend tsar ! Un tsar est un homme de Dieu, et il n'est pas nécessaire d'être voyant pour se rendre compte que votre Ivan est un homme du diable !

D'un bond, l'opritchnik fut sur le poêle. Il leva sa lame, puis il se ravisa : ce déchet humain n'en valait pas la peine. Il se contenta de le pousser violemment de la pointe de sa botte. Le vieil homme chuta avec un bruit sourd sur le sol et resta immobile, les yeux grands ouverts, la tête contre le coin du poêle, un sourire narquois sur les lèvres.

La maison se remplit de bruits de bottes et de cris de femmes, on entendit des jurons dans les escaliers, des ricanements.

– Pas mal, les deux filles du haut ! Dommage qu'on n'ait pas le temps !

Un homme s'arrêta près d'Eudoxia qui avait repris connaissance et roulait maintenant des yeux affolés. Il pointa son arme sur sa poitrine et aboya :

– Pourquoi n'y a-t-il que deux filles ?

– La troisième est… morte… il y a quelques jours.

L'homme n'insista pas. Cela confirmait sans doute ce qui lui avait déjà été dit.

Sans bouger d'un pouce, tant les cordes le mordaient avec cruauté, Alexis observait les mouvements autour de lui. Ils ne l'avaient pas trouvée. Ils n'avaient pas encore trouvé Tania. Où était-elle ? Avait-elle réussi à se cacher ? Ne voyaient-ils en elle qu'une servante ?

Alexis se demandait avec une inquiétude mortelle combien de personnes étaient au courant de sa véritable identité. Il enrageait d'être là, immobilisé, incapable du moindre mouvement. Eudoxia tremblait tellement que, heureusement, elle semblait incapable de prendre une initiative.

Et s'il était libre, qu'aurait-il fait ? Les opritchniks étaient les plus forts… Assez forts pour tuer un vieillard en le faisant tomber de son poêle. Alexis grimaça de rage. Puis il s'immobilisa de nouveau, essayant d'interpréter, avec une angoisse mortelle, les bruits qui venaient de toute la maison. Les meubles s'entrechoquaient, s'écrasaient contre les murs. Le son métallique des plats d'argent, les pas dans l'escalier, les silhouettes sombres qui surgissaient de partout.

– Vous avez bien tout vérifié ? Toutes les identités ?

Les opritchniks hochèrent la tête. Ils avaient si fort terrorisé qu'on aurait pu leur avouer même des choses qu'on croyait avoir oubliées. Seulement, personne ne savait rien, et ils avaient si bien saccagé maison et hangars qu'ils ne voyaient pas où quelqu'un aurait pu se cacher. Ils se regroupèrent et descendirent aux cuisines.

On les entendit encore rire et boire, tandis que les serviteurs devaient trembler de peur, enfermés dans la remise.

Alexis découvrit le regard angoissé d'Eudoxia fixé sur lui. Il ne fit pas un signe qui puisse être interprété d'une quelconque façon par un homme qui les surveillerait. Eudoxia demeura immobile, le visage terrifié. Alexis en était maintenant sûr : aucun des domestiques n'était au courant de l'identité de Tania. Quant aux deux sœurs, Sophia et Maria, elles n'avaient rien dit. Peut-être étaient-elles très courageuses, peut-être suffisamment intelligentes pour se rendre compte que, si la vérité éclatait, c'est la maisonnée tout entière qui serait sauvagement assassinée.

Ce fut interminable. Ils mangèrent comme des porcs, dévastèrent la cuisine, saccagèrent les réserves, éventrèrent les barriques. Enfin leurs pas retentirent sur l'escalier extérieur, ils enfourchèrent leur monture ornée du balai et de la tête de chien et investirent la maison voisine.

Eudoxia délia Alexis de ses mains tremblantes. Le jeune homme se redressa avec difficulté. Il avait mal dans tous les muscles et sentait les marques des cordes aux poignets et aux chevilles et, douloureusement, à la commissure des lèvres. Sans dire un mot, il parcourut la maison de bas en haut, fouillant derrière les meubles brisés, les tentures arrachées. Aucune trace de Tania.

Les serviteurs parlaient tous en même temps, comme si leur soulagement ne pouvait plus s'exprimer que par un flot de paroles. Tania n'était pas parmi eux, et Alexis n'osa pas demander de ses nouvelles, de peur d'attirer l'attention sur elle. Seul Yakov demeurait de marbre, avec encore dans les yeux la fureur de s'être laissé neutraliser par trois hommes seulement. Alexis lui fit un signe discret pour qu'il le rejoigne dans le couloir.

– Tania ? Je ne l'ai pas vue, grogna le cosaque, et je crois que tu t'en occupes trop. Moi, c'est fini. J'en ai assez, je m'en vais. Dépêche-toi d'épouser cette Maria et rejoins-nous. À Perm, hein ! N'oublie pas !

– À Perm. Je sais. Rassure Timofeï, je lui rapporterai ce document de toute façon. Je m'y suis engagé.

Accompagnant ces derniers mots d'un signe d'adieu, Alexis s'éloigna. Les dépendances... il n'avait pas visité les dépendances.

Il arpenta les hangars, la buanderie, puis la cour des étuves, les remises, les écuries, poursuivit par les caves et le jardin, avant de sortir sur la cour de derrière. Et alors il sut. Sur la neige les sabots des chevaux, les traces des patins, indiquant que des traîneaux étaient d'abord arrivés par la droite, très chargés, et repartis par la gauche, plus légers – les traces étaient moins profondes. Les deux longues parallèles passaient le portail, s'éloignaient vers le lac et disparaissaient dans le jour finissant.

Alexis courut aux écuries, jeta sa selle sur le dos de son cheval et prit le galop.

Eudoxia appuya son visage au carreau. Des larmes roulaient le long de ses joues. Elle regarda Alexis s'éloigner dans le soir, et ses lèvres murmurèrent une prière.

CHAPITRE 15

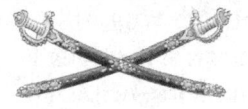

Alexis s'arrêta. Il faisait presque nuit, il ne voyait plus les traces du traîneau. En continuant, il s'égarerait et perdrait toutes chances de retrouver Tania.

La retrouver… Quand ? Si Tania avait réussi à fuir, c'est qu'elle s'était échappée avant l'arrivée des opritchniks, elle avait donc certainement beaucoup d'avance sur lui. Il était parti sans même réfléchir. Qu'allait-il faire ? La simple pensée de Tania seule sur les chemins glacés, à la merci des loups et des brigands, l'avait jeté en selle.

– Là…, murmura-t-il en tapotant l'encolure du cheval, on va s'arrêter. Ça ne sert à rien, maintenant, hein ! On va attendre demain.

Oui, il était parti sans réfléchir, sans rien emporter. Rien pour lui-même – ce qui n'était pas très grave – mais rien non plus pour nourrir le cheval, ce qui était plus inconséquent. Que croyait-il donc ? Qu'il allait la rattraper très vite et la ramener ? La ramener où ?

Il n'y avait pas pensé. Il ne pouvait pas la laisser seule, c'était tout.

Il mit pied à terre, soulagea le cheval de sa selle et fouilla des yeux l'obscurité. Trouver une branche de sapin suffisamment large et inclinée pour offrir un abri, c'est tout ce qu'il pouvait faire maintenant.

Ici… Il dégagea la neige, l'entassa en un muret de chaque côté, s'enroula dans son manteau et chercha le sommeil. Derrière ses paupières closes filait le traîneau, les chevaux soufflant avec violence leurs nuages de vapeur. Combien y en avait-il ?

Quatre. Quatre chevaux pour deux traîneaux ne portant qu'une petite cargaison de sel. Sur la neige, ça glisserait vite, et Tania était pressée, affolée sans doute. Il l'imaginait, jetant derrière elle des regards anxieux.

Elle avait pris le traîneau de voyage laissé par Yakov, le nouveau traîneau d'écorce couvert d'un toit de feutre et tapissé des fameuses fourrures d'ours blanc… Une protection suffisante de jour, mais trop légère pour la nuit s'il se mettait à faire encore plus froid. Et Tania ignorait certainement l'art de se bâtir un refuge de branchages et d'élever des murs de neige. Ce n'était qu'une fille de boyard.

Alexis ne dormit pas. Sans cesse, il avait l'impression de sentir des flocons et rouvrait les yeux en sursaut. S'il se mettait à neiger…

Il ne fallait pas. Les traces des patins étaient sa seule chance.

Au matin, se leva un vent froid. Ne pas ouvrir la bouche, pour éviter de s'humecter les lèvres. Il connaissait le froid, la salive qui gèle avant d'atteindre le sol, les oreilles et les doigts qui blanchissent et tombent. Il remonta le col de son manteau, étrilla vigoureusement son cheval et se remit sur les traces du traîneau.

Le pays semblait désert. L'hiver balaie toute vie devant lui, enferme l'homme et étouffe sa maison sous un épais silence de neige.

Ce n'est que vers le milieu de la journée qu'Alexis aperçut enfin une isba, moins dissimulée par la neige et flanquée d'un bâtiment de pierre. Une forge. Elle annonçait certainement un village, dont elle était isolée par crainte du feu.

– Une jeune fille, oui, dit le forgeron en cessant un instant de frapper sur son enclume. Elle a passé ici juste le temps que je donne à manger aux chevaux. En échange, elle m'a laissé un peu de sel, mais elle n'a pas voulu rester. Une drôle de fille, hein ! Toute seule sur les chemins...

– Savez-vous par où elle est repartie ?

– Vers le nord. Elle a sans doute pris par la rivière, comme tout le monde.

Alexis n'y croyait pas. S'il était à la place de Tania, il aurait justement évité de faire « comme tout le monde ». En cette saison, il n'était pas difficile de passer n'importe où. Il n'y avait plus de marécages, plus de forêts rendues impénétrables par les broussailles, plus de boue, plus aucune aspérité. La chape blanche.

À l'entrée du village, les traces de traîneau se multipliaient. Alexis choisit de suivre celles qui se dirigeaient directement vers le nord en évitant le regard des maisons. C'est ce qu'aurait fait Tania, il le supposait. Mais chaque supposition n'était qu'un pari.
Il arriva à une voie très lisse, légèrement en creux, lustrée par d'innombrables patins. Une route ?
Non, elle aurait traversé le village. C'était sûrement la rivière. D'autant qu'une armée d'arbres immobiles montaient la garde de chaque côté, aussi loin que portait le regard, au levant comme au couchant. Les traces qu'Alexis avait choisies arrivaient sur le ruban glacé et disparaissaient un moment dans la confusion scintillante des autres. Il eut un moment d'inquiétude, puis il en découvrit qui se singularisaient en ressortant en face, perpendiculairement au ballet des autres. Là était son chemin.
Tania conservait probablement beaucoup d'avance sur lui. Certes, le traîneau était plus lourd et moins rapide qu'un cavalier, mais Alexis devait s'arrêter sans cesse pour s'informer, frapper à la porte des isbas là où les traces s'emmêlaient, se confondaient, se dispersaient. Son anxiété refusait tout contretemps, la lenteur lui était supplice. Les jours étaient trop courts.

Son cheval s'épuisait et, aussi loin que portait son regard, Alexis ne voyait toujours pas le traîneau. L'attelage de Tania ne pouvait pas résister plus longtemps. Elle devrait s'arrêter, changer les chevaux. L'avait-elle fait ?

Alexis sauta à terre devant l'auberge-relais et jeta rapidement un coup d'œil à l'écurie. Il n'y avait qu'un seul cheval. Il fit entrer le sien et lui ôta rapidement selle et mors.

– Ah non ! prévint aussitôt l'aubergiste. Je n'ai aucune monture à vous laisser en ce moment.

– Et celle-ci ?

– Impossible. Courrier du tsar. C'est le cheval de rechange pour les messagers.

– Ce serait une vraie malchance qu'un courrier passe justement maintenant, la journée est presque finie. Demain, mon cheval sera bien, vous le lui donnerez.

– Impossible. Je ne prends pas ce risque. Nourrissez votre cheval, attendez qu'il se repose, vous partirez demain.

Alexis ôta son bonnet de fourrure et passa sa main dans ses cheveux pour les rejeter en arrière.

– Bien, acquiesça-t-il finalement. Après tout, je ne suis pas si pressé. Avez-vous quelque chose à manger ?

– Il y a toujours de la soupe sur le feu.

– Gardez-m'en. Je bouchonne mon cheval et je vous rejoins.

Et, saisissant un bouchon de paille, il commença à frotter l'animal avec vigueur, sans plus s'occuper de l'aubergiste qui regagnait ses fourneaux.

Quand la porte se referma, Alexis lui lança un coup d'œil inquisiteur, puis il souleva silencieusement le mors suspendu devant l'autre cheval et, d'une main experte, le lui glissa entre les dents. Courrier du tsar ! Nul ne pouvait être plus pressé que lui !

Il jeta la selle sur le dos de l'animal, la sangla en un tour de main, sauta dessus et s'éloigna au grand galop.

Partout sur les bouleaux, on voyait des nids de bourrasque, petites pelotes de branches entremêlées témoignant des tempêtes tournoyantes de l'hiver. Dans le soleil du matin, elles ressemblaient à des boules de givre gracieusement ciselées. Portaient-elles bonheur, comme on le prétendait, à celui qui les conservait contre sa poitrine ? Alexis en aurait eu grand besoin. Il se refusait à penser à demain, à la complexité de la situation dans laquelle il se trouvait vis-à-vis de Timofeï, des Chorski, de Tania...

Le cheval allait bien, petit et râblé comme les chevaux tatars, et Alexis gardait confiance. Cent fois il avait questionné, cent fois on avait aperçu le traîneau double à quatre chevaux. Dans ce désert blanc où les distractions étaient rares, rien ne passait inaperçu.

Alexis arrêta son cheval. La neige tournoyait depuis deux heures, et toute trace avait disparu. Il aurait dû la rattraper déjà. Il s'était trompé quelque part. Il semblait n'y avoir qu'une seule route, mais les flocons distrayaient son regard, la fatigue rendait tout incertain. Peut-être un autre chemin s'était-il ouvert sans qu'il le voie ? Peut-être le vent y avait-il amassé une congère trompeuse, pour le dissimuler aux yeux du voyageur ? On racontait tant d'histoires étranges sur ce pays de vent.

Il fut brusquement assailli par l'impression de ne plus rien savoir. Ni où il se trouvait, ni ce qu'il faisait là, ni même qui il était. Un sentiment fugace, terrifiant… Il s'éveillait soudain et tout lui était étranger. La neige filait à l'horizontale, si serrée que la nuit viendrait avant l'heure. La forêt s'agitait sournoisement, riait et pleurait tour à tour. Le dieu de la forêt voulait-il sa perte ? On disait qu'il aimait à égarer les voyageurs, on disait qu'il aimait la nuit. On disait qu'il n'avait pas d'oreille droite, pas de cils ni de sourcils, que son corps ne faisait pas d'ombre. On disait mille sottises. Alexis n'entendait que le vent dans les arbres. Seulement le sifflement du vent, Alexis, réveille-toi !

Il regarda autour de lui. On ne voyait plus à deux pas ; juste une brume de noir et de blanc, de gris, de rien. Son cheval avait bravement poursuivi sa route, avançant prudemment en détournant la tête pour se protéger les yeux des épines glacées du vent. Enfin il s'arrêta. À quelques pas, Alexis aperçut alors une lumière vacillante et en resta suffoqué. Bien sûr ! Un cheval de courrier avait ses habitudes, il connaissait les haltes !

Alexis ouvrit la porte et un grand courant d'air blanc entra avec lui. Il referma aussitôt, repoussant le vent avec force pour le contenir au-dehors. Le calme, soudain. Presque une brûlure sur son visage.

Ce n'était pas vraiment une auberge, juste une isba perdue, un refuge. À l'entrée, sur une table basse, le seau d'eau potable était soigneusement recouvert d'une serviette et de deux bâtons en croix qui gardaient à distance les esprits mauvais.

Alexis salua les icônes avant de se tourner vers la femme, unique occupante des lieux, qui le fixait d'un œil méfiant. Il faisait bon. La mousse tassée entre les rondins de bois des murs arrêtait le vent qui ronflait toujours avec rage au-dehors.

– Je me suis égaré, dit-il en ôtant son bonnet de fourrure.

La femme sembla aussitôt un peu plus rassurée. Cet être-là avait ses deux oreilles, une tête là où il fallait, et son corps faisait une belle ombre sur le plancher de l'isba. Elle le considéra sans rien dire, puis elle se moucha bruyamment dans une fine raclure d'écorce de hêtre avant de souffler :

– Je me méfie des hommes sans tête.

Alexis se demanda si la femme avait bien tous ses esprits. Saisissant le sens de son regard, celle-ci esquissa un sourire et annonça d'une voix raffermie :

– Il y a de la soupe au chou et aux têtes de poissons, de l'esturgeon séché et des gâteaux de millet au lait.

– C'est très bien, acquiesça Alexis, mais je ne sais pas si j'aurai le temps de manger. Je cherche une jeune fille avec un traîneau. Est-ce qu'elle est passée par ici ?

– Une jeune fille ? Non. (La femme s'approcha.) Mais reposez-vous donc un peu, et mangez. Votre voyage est fini pour aujourd'hui. Que voulez-vous faire dehors par un temps pareil ? Souhaitez-vous donc mourir si jeune ?

Alexis poussa un soupir et se laissa tomber sur le palaty.

– Écoutez, chuchota la femme. Ce sont les trompettes...

– Quelles trompettes ?

– Celles de la vieille d'or, la vieille qui a été transformée en statue. Les instruments qu'elle portait sont tombés à côté d'elle, et c'est eux qui font cette musique terrible. Les autres, ils prétendent que cette statue se trouve très loin d'ici, mais moi je sais : c'est elle qu'on entend.

Elle reprit d'un coup toute son assurance et posa le pot de soupe sur la table.

Alexis mangea sans un mot. La chaleur bienfaisante l'envahissait peu à peu. Il avait ôté son manteau, qui s'égouttait maintenant près du poêle.

– Les montagnes, chuchota la femme d'un air de secret, elles sont là-bas, hautes et désertes, avec des gerfauts, des cèdres et des zibelines très noires. Neige et glace. Éternellement. Pas d'hommes, seulement des êtres maléfiques avec des têtes d'animaux.

Alexis ne fit aucune réflexion. Ces montagnes, il les connaissait. Ils en étaient fort loin.

– J'avertis les voyageurs, mais certains n'en tiennent aucun compte. Tenez, pas plus tard que tout à l'heure…

La femme se tut subitement. Alexis avait levé les yeux.

– Pas plus tard que tout à l'heure ? demanda-t-il avec un regard insistant.

– Quelle tempête, hein ! grogna la femme.

– Que vouliez-vous dire ? Il y a eu d'autres voyageurs, avant moi ?

– Hein ? Oh non ! Bien sûr que non.

Elle se moucha de nouveau et reprit :

– Quand vous êtes entré, vous avez dit que vous vous étiez égaré…

Alexis ne répondit que par un regard interrogatif.

– Vous n'êtes pas égaré. C'est bien la halte des courriers. Vous êtes bien courrier du tsar, n'est-ce pas ?

Alexis fit un signe négatif.

– Ah bon ?

La femme sembla réfléchir. Alexis examina son visage, puis il se leva et la fixa droit dans les yeux.

– Tout à l'heure, vous avez vu quelqu'un, n'est-ce pas ? Vous avez parlé à quelqu'un, à une jeune fille, dites-le !

Son ton était menaçant.

– Eh... si vous n'êtes pas courrier du tsar...

– Où est-elle ?

La femme paraissait embarrassée.

– Si elle est dans ce froid, insista Alexis, elle va mourir !

– C'est... Je lui ai dit que c'était dangereux, avec la tempête. Mais quand elle a su que c'était ici une halte des courriers, elle est repartie.

– Quand ?

– Je ne sais pas... Un peu avant votre arrivée.

Alexis arracha son manteau du poêle, l'enfila et se précipita dehors.

– De quel côté est-elle partie ? cria-t-il en luttant contre le vent qui voulait refermer la porte.

– Ici, il n'y a qu'une route. Elle l'a prise à main droite. Fermez !

Alexis sauta à cheval. Le vent était glacial et la nuit complète.

CHAPITRE 16

Il ne restait qu'à faire confiance à la bête pour garder la route, qu'on ne devinait ni devant ni derrière. Impossible de prendre le galop sans risquer de se briser le cou.

Elle allait mourir.

Le vent sifflait de tous côtés, louvoyait sauvagement entre les troncs pétrifiés. Le froid s'infiltrait sous la chaude pelisse, glaçait les mains à travers les moufles, giflait les flancs du cheval. Des hurlements dans la tête. On disait que le vent rendait fou. Le temps avait disparu, seul n'existait plus que le pas du cheval. Si longtemps. Si longtemps... Rien que le vent. Rien que le froid. Si longtemps.

Le cheval poussa un hennissement de frayeur et se jeta de côté. Alexis sentit son cœur s'arrêter. Dans une demi-conscience, il avait perçu la masse noire qui venait de les frôler dans un sourd vrombissement, comme un oiseau gigantesque.

Un oiseau ? Non. Non, bien sûr... C'était le toit de feutre d'un traîneau, arraché par la tempête. Un traîneau... Il n'était pas loin, peut-être...

Alexis scruta la nuit sombre et vivante. L'animal avançait toujours, avec juste un peu plus de méfiance dans le pas. Solide. Les situations difficiles, il connaissait. L'homme comptait sur lui pour assurer sans faiblir le rôle qui était le sien. Marcher.

Le cheval eut un brusque sursaut. Il venait de buter contre un mur de bois. Son cavalier sauta aussitôt à terre.

Le traîneau ! Il était déjà à moitié dissimulé par la neige qui s'entassait en une épaisse congère sur son flanc droit. Alexis en suivit les contours de sa main engourdie par le froid.

– Tania... Tania ! Vous êtes là ? N'ayez pas peur, c'est moi, Alexis.

Aucune réponse. Il ôta sa moufle et avança la main vers la tache claire qu'il apercevait, le visage, sous le bonnet sombre.

– Tania !

Le visage était froid, Tania ne bougeait pas. Alexis bondit dans le traîneau et, de sa main nue, chercha son cou. Les veines battaient faiblement, elle vivait ! Il lança des regards inquiets vers la nuit, comme s'il allait découvrir quelque chose qui les sauverait tous deux, mais ce n'était que désert hurlant. Il s'agenouilla de nouveau près d'elle. Malgré la morsure du vent, il se débarrassa de sa deuxième moufle et entreprit de lui frotter les joues, les épaules, comme il l'aurait fait pour son cheval. Lui insuffler la vie, lui transmettre un peu de sa chaleur...

Elle n'eut aucune réaction. Il écouta son souffle... il était si faible. Son visage semblait figé. Si, déjà, la température de son corps était devenue trop basse, plus rien ne pourrait la sauver.

Son cœur hurla : « Non ! Non ! »

Il remonta sur le visage glacé la grande peau d'ours blanc, se dépouilla de son manteau et l'ajouta à l'épaisseur de fourrures qui couvrait la jeune fille. Puis il souleva la peau d'ours et se glissa près d'elle. Son corps était immobile et froid. Il l'enveloppa de ses bras et la serra dans sa chaleur.

Il ne bougea plus. Le vent sifflait contre le bois du traîneau, la neige s'amassait sur les fourrures, Alexis ferma les yeux. Peut-être mourraient-ils cette nuit. Plus rien ne lui paraissait grave.

– Toujours pas de nouvelles, Eudoxia ?
– Hélas non.

Sophia se laissa tomber avec découragement sur le bord du lit. Un long moment, elle fixa les chaudes couleurs du tapis, puis elle soupira :

– Le monde n'est-il donc que violence, hors des murs du térem ?
– La vie n'est pas toujours facile, ma colombe.

Eudoxia s'approcha de la jeune fille et passa tendrement ses doigts sur la racine blonde de ses longs cheveux. Elle était soulagée que Sophia ait renoncé, après tout ce temps, à les teindre en noir. Cela signifiait qu'elle acceptait enfin la mort de ses parents, qu'elle laissait la vie reprendre ses droits. Avait-il fallu l'émotion, la colère, la peine, la souffrance, pour lui donner ce que la sérénité du térem n'avait jamais pu obtenir ?

— Les bouleversements de notre vie, dit-elle rêveusement, nous apportent parfois plus de paix que la paix elle-même.

— Eudoxia... (Sophia croisa ses doigts sur ses genoux et releva la tête.) Tu sais que je vous aime beaucoup, Maria et toi, mais les événements de ces derniers jours ont achevé d'affermir ma résolution. Je voudrais entrer au couvent.

— Quelle idée ! s'exclama Maria. Tu ne voudrais pas te marier ? Avoir des enfants ?

Sophia secoua la tête.

— Non... Non... Je ne souhaite que trouver la paix dont parle Eudoxia. Dieu seul, je crois, peut me l'accorder.

— Ma petite fille... Juste comme votre oncle m'annonce qu'il veut me proposer pour vous un prétendant !

— C'est peut-être cela, ma bonne Eudoxia, qui m'a ouvert les yeux. Ne me dis rien. Une telle décision ne se prend qu'au plus profond du cœur, là où tu ne peux m'atteindre. Et puis, il te reste Maria. Elle sera seule héritière et fera donc un bon mariage. Elle pourra même demeurer ici, cette maison lui appartiendra.

Maria lança à sa sœur un regard en coin.

– Ne faites pas cette tête, reprit Sophia, couvent n'est pas prison, je reviendrai souvent vous voir. Et sachez que je n'ai pas l'intention de vous quitter tout de suite. Je me sens bien dans la maison de mon enfance et je tiendrai compagnie à ma sœur jusqu'à son mariage. Nous reparlerons de tout cela plus tard, voulez-vous ? Pour l'instant, c'est le sort de Tania qui me préoccupe. S'il lui arrivait quelque chose...

– Mon seul espoir, dit Eudoxia, est dans Alexis.

– Oui, approuva Maria. C'est un homme généreux, la façon dont il est parti le prouve. Il sauvera Tania, il lui trouvera un refuge.

Eudoxia contempla un instant la jeune fille d'un air hésitant, avant de se lancer :

– Sans doute. Cependant il me semble qu'il y a autre chose.

– Quelle chose ?

– Je crois... Je ne voudrais pas te faire de la peine, Mariouchka, mais je crois qu'Alexis est amoureux de notre Tania. Je suis désolée...

Sophia leva la tête.

– Pourquoi « désolée » ? Pourquoi cela ferait-il de la peine à Maria ? C'est Tania qui a besoin d'aide, pas nous. Oh ! Je suis heureuse. Tania l'aime-t-elle aussi ?

– Je crains que oui.

Sophia observa avec curiosité l'expression de la gouvernante.

– Vous *craignez*, répéta-t-elle, incrédule.

– Oh, mon Dieu, gémit soudain Maria en étouffant un sanglot, qu'ai-je fait ?

De plus en plus surprise, Sophia faisait aller son regard de sa sœur à la gouvernante, sans comprendre ce qui se passait. Enfin, Eudoxia eut un geste de regret.

– Notre Mariouchka était également, il me semble, un peu amoureuse d'Alexis.

– Mais comment est-ce possible ? intervint Sophia. Voyons Maria, tu ne le connaissais pas !

– Il ne faut pas pleurer, ma petite fille, consola Eudoxia, ce que je dis n'est que pure supposition. Pourquoi ne puis-je tenir ma langue, sotte que je suis !

– Oh, Eudoxia, non, tu as bien fait. Ce n'est pas sur Alexis que je pleure. Sophia a raison, je ne le connais pas, à peine l'ai-je aperçu de loin. Je me suis seulement bâti des histoires dans ma tête, et je ne me suis pas rendu compte qu'il ne s'agissait que de chimères. Être la femme d'un cosaque ! Avais-je assez réfléchi à ce qui m'attendait ? Non, je ne suis pas faite pour cette vie.

– Alors, ma colombe, pourquoi te mettre dans cet état ?

– J'ai... Oh ! mon Dieu ! Je ne voulais pas faire de mal !

Maria arpentait la pièce avec une fébrilité maladive.

– Mais enfin, s'inquiéta Eudoxia, que s'est-il passé ?

– Je lui ai écrit.

– Tu lui as écrit ? s'exclama Eudoxia en s'empourprant.

Sophia fixait sur sa sœur des yeux inquisiteurs. D'un mouvement ferme, elle lui saisit le poignet pour qu'elle s'arrête de marcher et demanda d'un ton sans complaisance :

– Que lui as-tu dit ?

En évitant son regard, Maria lança d'une traite :

– Je lui ai dit que c'était moi qui accompagnais notre père lors du dernier voyage.

Eudoxia serrait les lèvres si fort que sa bouche se fit toute petite.

– Ainsi, c'était toi, dit-elle enfin sans mesurer la véritable portée des paroles de Maria.

Les deux sœurs échangèrent un regard.

– Peu importe, lâcha Maria. Je le lui ai écrit pour qu'il m'épouse. Quelle folie ! Je ne pensais qu'à moi. Ah ! Si j'avais su que Tania… Comment réparer le mal ? Oh, mon Dieu, quelle folie !

Un long moment, Sophia demeura pensive. Puis elle s'approcha de sa sœur effondrée et passa son bras autour de ses épaules.

– Calme-toi, Mariouchka. Si Alexis retrouve Tania, tout cela aura-t-il encore de l'importance ?

Des larmes plein les yeux, Maria posa son regard sur le visage de sa sœur, essayant de comprendre le sens profond de ses paroles.

– Tout demeure aujourd'hui entre les mains de Tania, reprit Sophia. Ne pouvons-nous lui faire confiance ? Elle seule devra peser ce qu'elle peut dire.

— Tu as raison, souffla Maria en s'essuyant les yeux. Elle saura. Et si Alexis est bien l'homme que nous croyons, alors plus rien n'a d'importance.

Le regard perplexe d'Eudoxia allait de l'une à l'autre des jeunes filles, sans saisir la signification de ce qu'elle entendait. Sa pensée retourna vers Tania. Elle l'aimait beaucoup. Que Dieu ait pitié d'elle !

CHAPITRE 17

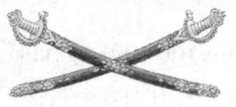

– En v'là deux imprudents ! s'exclama une voix.

Alexis ouvrit les yeux. Au-dessus de lui, se penchait un visage rougeaud mangé par la barbe. En une fraction de seconde, tout lui revint. Tania. Il se souleva sur le coude. Elle n'avait pas bougé. Il posa vivement la main sur son visage et reprit espoir.

– Il y a un abri ? s'informa-t-il vivement.

Il ne se demandait même pas comment cet homme, ces hommes étaient là. Homme signifiait simplement abri, et abri, chaleur. Il ne remarqua pas que le vent s'était calmé, qu'il ne neigeait plus. Il avait l'impression d'être passé dans un autre monde, différent, inconnu, mais la seule chose qui comptait était Tania, et elle semblait toujours en vie.

– Elle a eu froid, observa un homme.

– Peut-être qu'elle va mourir, dit un autre. Par ces temps-ci, il ne fait pas bon passer la nuit dehors. Si elle s'est trop refroidie…

– Il ne faut pas la laisser là, coupa Alexis. Il y a un village ?

– Oh... un village, non. Il y a seulement chez nous.
– C'est la forêt, ici, tu n'as pas l'air de le savoir. Il n'y a que des bûcherons et des chasseurs.
– Tes chevaux, ils n'ont pas eu chaud non plus. Va falloir les étriller, les bouchonner en vitesse si tu ne veux pas qu'ils crèvent.
– Je vous en prie, interrompit Alexis, il faut faire vite.
– Il a raison. Pas de temps à perdre en bavardages. La fille d'abord, les chevaux ensuite.
– Votre abri se trouve loin ?
– Non, c'est juste là. Laisse le traîneau et prends la fille dans tes bras, ça ira plus vite.
– Je m'occupe des chevaux, proposa un homme. Seulement... ça me perd du temps pour la coupe du bois.

Comme Alexis se penchait sur Tania sans prêter attention à ses paroles, il reprit :
– Ça serait bien si j'étais dédommagé.
– Ça va, dit rapidement Alexis. Je te paierai.

Ce n'était pas à proprement parler une maison, et Alexis serait passé à côté sans la voir. Seul dépassait le sommet de la cheminée, et on n'en décelait l'entrée qu'en arrivant dessus. En été, la porte basse se trouvait probablement au niveau du sol mais, en cette saison, on y accédait par une pente aménagée entre deux hauts murs de neige.

La porte s'ouvrait sur une échelle qui descendait vers le trou noir de l'habitation. Une faible lumière venait d'en haut, par des ouvertures pratiquées au-dessus de la couche de neige.

Ils allongèrent Tania sur le palaty, le plus près possible du poêle, et la couvrirent de toutes les fourrures qu'ils purent réunir.

Alexis scruta son visage. Elle semblait dormir, mais ses lèvres étaient bleues, ses mains glacées, son visage livide. Du bout des doigts, il caressa son front. Si souvent, dans cette nuit terrible, il aurait voulu y poser les lèvres... Il ne devait pas.

Il retira sa main et considéra la jeune fille avec anxiété, puis il leva les yeux vers les six hommes groupés en rond autour d'eux. Ils se ressemblaient tous, emmitouflés dans leurs fourrures. Même bonnet, même barbe, même façon de se tenir solidement campés sur leurs deux pieds, mêmes mains épaisses. Bûcherons.

– C'est une chance que vous vous soyez trouvés là, dit-il. Je vous suis très reconnaissant.

– Ah ! s'exclama un homme, c'est le temps des bûcherons ! L'été, la forêt appartient aux moustiques, l'hiver, elle appartient aux bûcherons. Un traîneau ne passe pas inaperçu.

– Qu'est-ce que vous faisiez là ? questionna un autre.

Alexis ne répondit pas.

– Bon, conclut une voix. Il y a de la farine de millet et du porc salé. Mange donc. Ce n'est pas en la regardant que tu la ressusciteras. Glisse-lui un peu d'alcool entre les dents, mais méfie-toi, ne l'étouffe pas. Pour l'heure, on a assez perdu de temps. Il n'y a qu'une saison pour nous, et les jours sont courts. Nous te laissons. En route !

Sans un mot, les six hommes remontèrent l'échelle l'un derrière l'autre et disparurent là-haut. Bientôt le crissement des pas s'estompa, et un silence presque incommodant emplit la pièce.

– Hé ! L'homme !

Alexis leva les yeux. Un visage s'encadrait dans la porte, au-dessus de l'échelle.

– Elle vit toujours ?

Alexis fit un signe affirmatif.

– Elle dort ?

– Oui.

– Elle a pas repris connaissance, quoi ! Viens dehors une minute, on a besoin de toi, ici.

Alexis eut un regard hésitant pour Tania, puis il enfila son manteau et se dirigea vers l'échelle. Dehors, la lumière était si vive qu'il en fut aveuglé.

Le traîneau était là, sans son attelage qu'on avait mis à l'abri sous une sommaire construction de branchages. Alexis remarqua avec surprise une succession de paquets déposés en face du traîneau. Ils dessinaient une ligne parallèle et de même longueur, comme si on avait voulu imiter son allure.

Le bûcheron désigna alors sur le sol de curieuses traces, déroutantes, des traces de pieds énormes. Alexis n'en avait jamais vu de semblables.

– Ils sont venus, dit le bûcheron.
– Qui ?
– Les sauvages.

Le regard d'Alexis allait des gigantesques traces aux paquets grossièrement ficelés alignés dans la neige.

– Ça, reprit l'homme en montrant le sol, c'est pas des traces de pieds, c'est des traces de raquettes. C'est avec ça qu'ils marchent sur la neige. Et ça (il pointa son doigt vers les paquets), c'est l'échange.
– Quel échange ? Qui sont ces gens ?
– On ne sait pas. Ils ne parlent pas notre langue. Ils vivent de l'autre côté de la forêt, et les gens du village en ont peur. Ils les appellent les hommes sans tête parce que, quand il fait très froid, ils remontent leur manteau par-dessus la tête et regardent par une ouverture. Ça fait qu'on dirait qu'ils ont la figure au milieu de la poitrine.
– Tu parlais d'échange.
– Ben oui. Ils ont déposé des paquets, ça veut dire qu'ils veulent les échanger contre ton sel.
– Mais ce sel n'est pas à vendre !
– Ah ! c'est dommage... Tu ne peux pas en céder un peu ?

Alexis considéra un moment le traîneau.

– Peut-être, dit-il.

– Alors, pose en face de leur cadeau le sel que tu veux leur laisser et éloigne-toi.

– Pourquoi m'en aller ?

– C'est ainsi. C'est la coutume. Tu reviendras ce soir et tu trouveras à côté de ton sel ce qu'ils te proposent en échange. Attends-toi à ce que ce soit de la fourrure, ou des peaux de renne, un peu de blé peut-être... Leurs terres sont bonnes, tu sais. L'hiver est long et le blé n'a pas beaucoup de temps pour pousser, mais il se dépêche.

– Que se passera-t-il ensuite ?

– Si tu es d'accord avec ce qu'ils laissent, tu prends la marchandise, et c'est fini.

– Et si je ne suis pas d'accord ?

– Tu ne touches à rien. Ils reviennent. Ils ne touchent pas à ton sel non plus. Ils ajoutent quelque chose à leur cadeau. Si, à ce moment-là, tu acceptes le marché, tu prends ce qu'ils ont laissé. Eux, ils reviendront ensuite chercher le sel. C'est tout.

– Écoute, je ne sais. J'aime mieux que tu t'en occupes. Je te fais confiance, tu as plus l'habitude que moi de ce genre de transactions.

Et, tout en revenant vers la maison, il ajouta :

– Propose-leur trois sacs.

– Hum... La fille te préoccupe, hein ?

Alexis ne répondit pas. Il ne voulait pas que Tania se réveille seule dans cet endroit inconnu.

Elle ne semblait pas avoir bougé. Alexis ôta son manteau et s'accroupit près du palaty, guettant tout signe qui aurait pu le rassurer sur ce visage mortellement pâle. Il tendit la main, comme pour le caresser, mais il ne le toucha pas. Puis il se releva. L'homme qui était venu le chercher descendait l'échelle. Il s'approcha de Tania, pas trop près, comme avec une certaine déférence.

– C'est sûr, dit-il, elle se réchauffe. Je vois ça à la couleur de sa figure.

– Elle est toujours inconsciente.

– T'en fais donc pas, ça reviendra. Nous autres, on est habitués. Ça nous est arrivé plus d'une fois qu'un des nôtres reste prisonnier de la forêt. Parce que la nuit tombe vite et, quand on est pris par le travail et qu'on n'y fait pas attention... Y en a qui en sont morts, mais on ne meurt pas toujours, hein ! Elle, si tu veux mon avis, elle va s'en tirer.

Il ferma soigneusement son manteau et proposa :

– Est-ce que tu viens avec nous relever le piège ?

Alexis eut un instant d'hésitation.

– Je ne peux pas, dit-il, je veux être présent si elle se réveille.

– T'as peut-être raison. Dommage, parce que je parie qu'on a pris l'élan. Mon piège est tout ce qu'il y a de bien placé.

– Quel genre de piège ?

– Ça fait longtemps que j'ai remarqué ce passage. Quand on a des yeux, faut savoir s'en servir.

Les élans ne viennent pas par ici parce que les arbres sont trop serrés et que, à cause de leurs bois, ils ne peuvent pas passer. Alors, ils circulent plus au nord. J'ai repéré un coin, et on a fait un piège : une longue palissade avec, à chaque bout, un grand trou bien caché. La bête arrive à la palissade, la contourne, et crac ! elle tombe dans le trou. Repas d'élan !

L'homme tourna le dos et commença à monter l'échelle. Il s'arrêta à mi-chemin, comme pour ajouter quelque chose, puis y renonça et reprit son ascension.

Le silence revint sur la pièce, bercé seulement par le sourd ronronnement du poêle. L'inquiétude concernant la vie de Tania quittait peu à peu Alexis, mais c'était pour laisser la place à tous les autres problèmes. Tania serait sauve, et rien n'était résolu.

Il posa ses coudes sur ses genoux et appuya son front sur sa main.

CHAPITRE 18

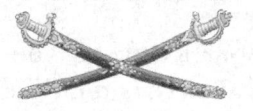

Alexis se redressa. Tania s'était mise à tousser. Il s'approcha. La toux se fit plus violente, étouffante. Il glissa son bras sous les épaules de la jeune fille et la redressa. Un long moment, il la tint contre lui, sa joue caressant légèrement ses cheveux fins et doux. La toux se calma. Tania ouvrit les yeux. Alexis s'écarta un peu.

– Tout va bien, chuchota-t-il.

Il retira lentement son bras et l'aida à s'appuyer sur la paroi du poêle. Elle ne dit rien. Si ses yeux étaient ouverts, son regard restait vague ; il faisait le tour de la sombre pièce sans exprimer encore ni surprise ni anxiété. Enfin, il se posa sur lui.

– Vous n'avez rien à craindre, reprit-il sans élever la voix. Ici, c'est une maison de bûcheron perdue dans la forêt.

Tania ferma les yeux. De cette nuit, où elle avait senti sur elle l'aile de la mort, elle ne gardait qu'une chose, l'odeur d'Alexis, sa chaleur, une douceur qu'elle n'avait plus connue depuis si longtemps… Elle rouvrit les yeux.

– Alexis…

Il sourit.

– Tout va pour le mieux. Vous avez bien failli geler, mais vous allez vous remettre.

Il considéra les grands yeux noirs qui le dévisageaient et souffla :

– J'ai eu tellement peur !

Elle lui rendit faiblement son sourire ; cependant, au fond de son regard, il devina le tourment.

– Personne ne vous a suivie, rassura-t-il. Que moi.

– Comment… Que s'est-il passé à la maison ?

– N'ayez pas de soucis. Juste quelques meubles détruits.

– Quelques…

Tania fixa Alexis. Il détourna son visage.

– Ce… n'est pas vrai… n'est-ce pas ? murmura-t-elle.

Comme Alexis ne la regardait toujours pas, elle insista :

– Il faut me dire…

Alexis eut un geste désolé.

– Le vieux maître, Boris Petrovitch, n'est plus.

Tania baissa les yeux. Alexis prit sa main dans les siennes.

– Ne soyez pas triste, il est mort d'un coup. Sur ses lèvres, il y avait un sourire, un sourire narquois. Je crois qu'il était heureux, soulagé d'avoir enfin pu dire ce qu'il avait sur le cœur, ce qu'il pensait des opritchniks et de leur maître. Ce fut un grand moment, Tania. Oui, un grand moment !... Tania, écoutez-moi. Je crois sincèrement qu'il est mort heureux.

Tania tourna la tête vers la paroi du poêle et resta sans rien dire.

– Je comprends que vous ayez de la peine pour lui, j'en ai eu aussi. Mais pourrait-on rêver plus belle mort ?

Comme Tania ne bougeait toujours pas, il ajouta :

– Il n'aurait pas voulu que vous soyez triste.

Tania passa une main tremblante sur son visage.

– Et Eudoxia ? Et mes amies ?
– Elles vont bien. Elles ont été très courageuses. Les hommes du tsar sont repartis sans rien savoir de votre existence.

De nouveau, Tania appuya sa tête contre le poêle et ferma les yeux. Enfin, sans un regard pour le cosaque, elle murmura :

– Alexis, avez-vous dit à Eudoxia que vous aviez choisi Maria pour épouse ?

Le jeune homme accusa le coup.

– Qui vous a raconté cela ?
– Peu importe. Tout finit par se savoir.
– La réponse est non. Je n'ai pas eu le temps de le dire et j'en suis presque soulagé. Pourtant...
– Pourtant ?

Alexis croisa un instant le regard de Tania, puis détourna les yeux. Sans élever la voix, il lui avoua quelle était sa mission. Que le mieux lui avait paru d'épouser la jeune fille qui possédait le titre, mais qu'il n'avait nulle intention de lui faire du mal. Que ce n'était qu'un mariage de raison, comme presque tous les mariages. Mais qu'aujourd'hui...

– Aujourd'hui ?

– Rien n'est plus pareil...

Il eut un geste vague de la main, et reprit :

– Non, je me trompe, ce n'est pas aujourd'hui. Ça fait longtemps que je le sais, longtemps que je me refuse à écouter. Depuis le premier jour, quand je vous ai vue ouvrir la porte. Vous aviez l'air... terrorisé, je pense que c'est le mot juste.

– Je me rappelle ce jour, dit Tania d'un ton indéfinissable.

Alexis souleva doucement la main qu'il tenait et déposa un baiser dans sa paume.

– Tania... Je ne veux épouser personne d'autre que vous.

Le visage de la jeune fille devint plus pâle encore. Elle considéra un moment sa main si près du visage d'Alexis, puis elle la retira sans brusquerie.

– Votre mission, Alexis...

– J'y ai pensé... Oh oui, j'y ai pensé ! Je n'ai pensé qu'à ça. Tania, regardez-moi.

Elle ne leva pas les yeux.

– Tania… Tout ce temps passé… J'ai réfléchi. Je vais simplement essayer de racheter l'acte. Croyez-vous que ce soit possible ? Ce que je sais maintenant de la famille Chorski m'incite à penser que personne, jamais, n'en parlerait, surtout à des hommes du tsar. Est-ce que je n'ai pas raison ?

– Les Chorski sont des gens merveilleux, murmura Tania. Quand je songe à eux, mon cœur se serre.

Alexis reprit vivement ses mains dans les siennes, et elle ne chercha pas à les retirer.

– Vous trouverez la paix, Tania. Vous porterez mon nom, et personne ne pourra plus rien contre vous.

– Je porterai…

– Oh, Tania, vous le voulez bien, n'est-ce pas ? Quand je vous vois sourire, tout me semble si simple. Je quitterai ma vie de cosaque. Ce ne sera pas un sacrifice, rassurez-vous. Depuis longtemps, mon oncle qui habite Astrakhan me demande de prendre en main sa maison de commerce et, depuis longtemps, j'hésite. Mais maintenant, tout s'éclaire pour moi. Je vais mettre en place des relations d'échange commercial entre Astrakhan et Riazan, cela me permettra de soutenir la maison Chorski. Vous voyez, tout sera pour le mieux… Ne vous inquiétez pas. Mon chef, Timofeï, me laissera partir. Le plus important pour lui, c'est le document. Dès que je l'aurai racheté…

Alexis s'interrompit un court instant. Une pensée venait de lui traverser l'esprit.

– Tania... Vous savez, n'est-ce pas, qui possède ce titre ?

Des voix, à la porte. Deux grosses bottes de cuir descendaient l'échelle.

– Saleté de tempête qui reprend ! Impossible de travailler par ce temps-là...

L'homme posa le pied sur le sol et observa :

– Eh bien, la demoiselle va mieux, on dirait.

– Mieux, confirma Alexis. Nous pourrons repartir bientôt.

– Faudrait d'abord réparer le traîneau. Vous avez vu dans quel état il est ?

Tania releva la tête.

– J'ai dû passer sur des troncs d'arbres qui barraient la route.

– Ah ! En cette saison, ça arrive, hein ! Quand la neige n'est pas assez épaisse.

– Comment ça ? s'étonna l'homme qui descendait derrière. Ce n'était quand même pas la demoiselle qui conduisait !

– Je conduisais forcément, répondit Tania, puisque Alexis n'était pas avec moi.

Les bûcherons se regardèrent.

– Ça alors, une fille aux mains fines qui sait mener un attelage de quatre chevaux !

Le regard d'Alexis revint lentement vers Tania. Il la considérait maintenant avec des yeux ébahis.

Elle, semblait soudain très calme et reposée, comme si toute crainte l'avait quittée. Elle murmura :

– Ce n'est pas la première fois.

Elle ferma les yeux et continua d'une voix lointaine :

– Quand j'avais douze ans, j'ai ramené un traîneau toute seule, depuis le Sud jusqu'à Riazan.

Les deux bûcherons s'approchèrent et dévisagèrent la jeune fille avec des yeux pleins de curiosité.

– Auprès de moi, poursuivit-elle, il y avait un homme. La flèche avait fait un trou dans sa poitrine, son cœur s'était arrêté.

Tania regardait maintenant droit devant elle. Dans ses yeux sombres, passa une lueur d'angoisse. Le silence tomba sur la pièce. Elle reprit en chuchotant :

– C'était un homme que j'aimais beaucoup. L'ami le plus cher de mon père, comme son frère. Il m'avait trouvée dans les décombres de ma maison saccagée. Sur mes vêtements, le sang de mes parents. Il m'avait dit : « Tania, tu es ma fille maintenant, ma fille chérie. Viens. »

Dans le silence qui suivit, chacun se surprit à ne plus regarder que ses pieds. Seul Alexis fixait toujours la jeune fille. Lentement, sans un mot, les bûcherons se détournèrent pour s'en aller vers de vagues occupations.

– Une jolie petite blonde…, souffla Alexis, suffoqué.

– Cinquante sacs de blé, indiqua Tania en hochant la tête, c'est ce que Piotr a payé le document. Il m'a dit : « Ma fille chérie, puisque par malheur tu as tout perdu, ce sera ta dot. Prends-en grand soin, ne le quitte jamais. » Jamais je ne l'ai quitté.

Du bout des doigts, Tania écarta légèrement la doublure de fourrure de ses courtes bottes rouges, et en sortit une feuille pliée en deux, fortement écrasée. Elle la déposa sur ses genoux et dit d'une voix faible :

– Je crois que Piotr serait d'accord pour qu'aujourd'hui cette lettre retourne entre les mains de Timofeï.

Puis elle appuya sa tête contre le poêle, et murmura :

– J'ai regardé par la fenêtre. Devant le portail, il y avait un cosaque dans la neige. Alors j'ai su. J'ai eu tellement peur qu'il me reconnaisse... Et puis, j'ai ouvert la porte...

Elle avait ouvert la porte...

– Tania, souffla Alexis en la serrant dans ses bras. Je t'emmènerai loin. Nous partirons tous les deux. Tu verras, à Astrakhan, il y a de hautes murailles qui se reflètent dans les eaux vertes du delta, des chalands de sel, des marchés colorés de fruits merveilleux, des tapis épais et doux. Tu veux, Tania ?

La jeune fille ferma les yeux. Dehors, le vent s'était remis à souffler.

POUR EN SAVOIR PLUS…

Boyards (p. 29) : ce sont les seigneurs de Russie. À Moscou, ils se réunissaient en assemblée (une « douma ») pour conseiller le souverain et gouverner en son absence. Quand le jeune Ivan, à huit ans, perdit sa mère (il était déjà orphelin de père), ils exercèrent réellement le pouvoir. Ivan les haïssait et les accusait de comploter contre lui. Devenu tsar, il n'eut de cesse de les exterminer.

Cosaques (p. 9) : ils n'étaient pas un peuple, mais des hommes qui, fuyant la pauvreté et l'oppression, s'organisaient entre eux et louaient leurs services comme mercenaires (ils étaient payés pour combattre). Ils furent engagés, par exemple, par les frères Stroganov, de riches marchands qui possédaient en Sibérie des mines de sel qu'ils n'arrivaient pas à exploiter à cause des attaques incessantes des Tatars… (Le tsar, qui avait tout intérêt à ce que les mines soient exploitées, leur avait conseillé de lever une armée pour se défendre.)

Les cosaques menaient une vie libre et communautaire. Vendant leurs services à qui ils voulaient, s'attaquant souvent aux caravanes qui traversaient le pays, ils constituaient un problème permanent pour le tsar.

Ermak (p. 36) : il fut l'ataman, le chef suprême des cosaques, vers les années 1560-1585. Par la conquête de la Sibérie, qui s'acheva en 1584, il étendit les possessions russes du tsar Ivan IV.

Isbas (p. 15) : contrairement aux isbas « blanches », les isbas « noires », maisons des plus pauvres, n'avaient pas de cheminée, et les murs étaient donc couverts de suie.

Mongols (p. 10) : peuple d'Asie auquel appartenaient, entre autres, les Tatars et les Nogaïs, et sans doute ces Huns qui envahirent l'Europe au IVe siècle.

Opritchniks (p. 124) : pour organiser la répression et s'imposer comme un souverain tout-puissant, Ivan IV mit en place un régime de terreur. Pour cela, il confisqua à son profit un grand territoire, l'opritchnina, où il installa ses fidèles. Ce territoire comprenait 27 villes et de vastes terres. Pour contrôler sa nouvelle propriété, Ivan se dota d'une garde personnelle, les opritchniks. Ces soldats juraient au tsar « de lui être fidèle, de renier leur lignée et d'oublier père et mère », moyennant quoi ils pouvaient (et devaient) faire régner la terreur : voler, tuer, violer, crever les yeux ou couper les langues, brûler les récoltes, saccager les maisons, détruire les villes. À Novgorod, en 1570, ils massacrèrent une grande partie de la population dans une horrible boucherie orchestrée par le tsar en personne. Les insulter était passible de la peine de mort.

Prénoms (p. 28) : les prénoms russes sont doubles. Boris Petrovitch signifie « fils de Pierre », Tatiana Fédorovna, « fille de Fédor »... Les Russes prononcent les deux par marque de respect. Pour simplifier, nous avons souvent utilisé dans le texte le prénom simple. On emploie aussi fréquemment un diminutif. Tania pour Tatiana, Mariouchka pour Maria.

Tatars (p. 13) : ils menaçaient perpétuellement la Russie (en 1571, ils mirent même le feu à Moscou). Ils ne furent définitivement vaincus qu'en 1582. En Europe, par déformation, on les appelait « Tartares ».

Tsar Ivan IV (p. 36) : il vécut de 1530 à 1584 et fut le premier empereur moscovite à prendre le titre de « tsar » (transcription en russe du « caesar » latin), marquant ainsi sa volonté de diriger le pays en souverain absolu. On le décrit comme un personnage terrifiant et à demi fou. Son règne fut une succession de crimes (il tua même son fils aîné), et la torture était une de ses distractions favorites, ce qui lui valut le surnom d'Ivan le Terrible.

Yaïk (p. 104) : en 1775, Catherine II de Russie exigea que le fleuve change de nom, après une sanglante révolte des cosaques qui vivaient sur ses rives, « les cosaques du Yaïk ». Il devint alors l'Oural.

QUELQUES REPÈRES...

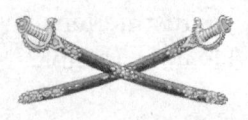

EN RUSSIE	EN FRANCE
	1515 : début du règne de François Ier.
	1516 : François Ier engage Léonard de Vinci comme «premier peintre, architecte et ingénieur du roi» et lui achète plusieurs tableaux dont *La Joconde*.
1530 : naissance d'Ivan IV.	1532 : Rabelais publie *Gargantua*.
1533 : mort de son père, Vassili III, grand prince de Moscou. Gouvernement des boyards. À la mort de sa mère, cinq ans plus tard, leur pouvoir s'accentue. Le jeune Ivan est laissé à l'abandon.	

En Russie	En France
1547 : Ivan IV est couronné tsar, souverain de « toutes les Russies ».	**1547** : mort de François Ier.
	1556 : sept poètes, dont Ronsard et Du Bellay, fondent le groupe de la Pléiade.
	1562 : début des guerres de Religion qui opposent catholiques et protestants.
1565 : Ivan IV crée l'*opritchnina*. On le surnomme « le Terrible ».	
1570 : la population de Novgorod, accusée de trahir le tsar, est torturée et massacrée par les *opritchniks*.	**1572** : massacre de protestants à Paris dans la nuit de la Saint-Barthélemy.
1581-1584 : Ermak, le grand chef cosaque, conquiert la Sibérie qui devient territoire du tsar.	
1584 : mort d'Ivan le Terrible.	**1589** : Henri IV devient roi de France.

POUR ALLER PLUS LOIN...

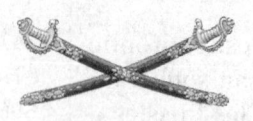

Romans et récits

BRISOU-PELLEN (Évelyne), *Prisonnière des Mongols*, coll. « Cascade », Rageot, 2000.

SOLET (Bertrand), *Contes traditionnels de Russie*, Milan, 2002.

VERNE (Jules), *Michel Strogoff*, Pocket, 1999.

POUCHKINE (Aleksandr Sergueïevitch), *La Dame de pique*, Flammarion-Père Castor, 1998.

POUCHKINE (Aleksandr Sergueïevitch), *Le Tzar Saltan*, Le Sorbier, 1995.

Tes héros dans l'Histoire

Préhistoire	− 3000 av. J.-C · Antiquité	476 apr. J.-C.	Moy
Rahan	Astérix et Obélix		Les chevalier
La Guerre du feu	Gladiator		Notre-D

Livres documentaires

MURRELL (Kathleen Berton), *Histoire de la Russie*, coll. «Les yeux de la découverte», Gallimard-Jeunesse, 1998.

KONDRATIEVA (Tamara), *La Russie ancienne*, coll. «Que sais-je?», Puf, 1996.

Bandes dessinées

SAVEY (Joëlle), GIROUD (Frank), *Taïga* (vol. 1: *Le Cosaque*), Glénat, 1995.

CORBEYRAN, ARINOUCHKINE (Andreï), *L'Oiseau de feu*, Casterman, 1999.

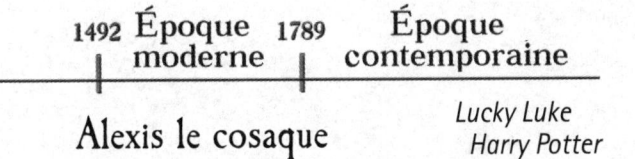

Une première version de cet ouvrage
est parue en 1992 aux éditions Hachette sous le titre
Mission délicate pour Alexis

© 2002 Éditions Milan – 300, rue Léon-Joulin,
31101 Toulouse Cedex 9, France.
Droits de traduction et de reproduction réservés
pour tous les pays.
Toute reproduction, même partielle,
de cet ouvrage est interdite.
Une copie ou reproduction par quelque procédé que ce soit,
photographie, microfilm, bande magnétique, disque ou autre,
constitue une contrefaçon passible des peines prévues
par la loi du 11 mars 1957 sur la protection
des droits d'auteur.
Loi 49-956 du 16 juillet 1949
sur les publications destinées à la jeunesse

Achevé d'imprimer par Novoprint
en Espagne
Dépôt légal : 3ᵉ trimestre 2002